MAY 0 2 2017

D1204388

INÉDITOS
Y EXTRAVIADOS

IGNACIO PADILLA

INÉDITOS
Y EXTRAVIADOS

ROUND LAKE AREA
LIBRARY
906 HART ROAD
ROUND LAKE, IL 60073
(847) 546-7060

OCEANO   HOTEL
DE LAS
LETRAS

Edición: Martín Solares
Diseño de portada: Éramos tantos

INÉDITOS Y EXTRAVIADOS

© 2016, Ignacio Padilla

D. R. © 2016, Editorial Océano de México, S.A. de C.V.
Eugenio Sue 55, Col. Polanco Chapultepec
C.P. 11560, Miguel Hidalgo, Ciudad de México
Tel. (55) 9178 5100 • info@oceano.com.mx

Primera edición: 2016

ISBN: 978-607-527-024-1

*Todos los derechos reservados. Quedan rigurosamente prohibidas,
sin la autorización escrita del editor, bajo las sanciones establecidas
en las leyes, la reproducción parcial o total de esta obra por cualquier
medio o procedimiento, comprendidos la reprografía y el tratamiento
informático, y la distribución de ejemplares de ella mediante
alquiler o préstamo público. ¿Necesitas reproducir una parte
de esta obra? Solicita el permiso en info@cempro.org.mx*

Impreso en México / Printed in Mexico

ADVERTENCIA

LOS RELATOS QUE CONFORMAN ESTE LIBRO HABRÁN dejado de ser inéditos cuando alcancen la mirada del lector para el que fueron escritos. No se culpe a nadie de esta paradoja, tan antipática como accidental. Naturalmente este volumen es inédito mientras escribo mi advertencia; y acaso en un futuro, cuando encuentre la mirada que venía buscando, parecerá también un poco menos extraviado, sólo un poco.

Como cualquier andamiaje de palabras, estos textos llevan en su seno una vocación de permanente extravío y de constante inconclusión; nacieron entre las fronteras del cuento y la novela —puede que también del cine—, y allí se instalaron para casi siempre. Su historia, por otro lado, no es menos volátil: algunos fueron concebidos para ser inéditos perpetuos o para completar un libro que nunca existió; otros estuvieron literalmente perdidos durante algunos años, y otros más pretenden todavía ser parte de un volumen que no es éste, pero cuya mera posibilidad les confiere, creo, una incierta vida liminar, una consistencia fantasmal que se materializa por ahora en este libro.

A esta última categoría pertenecen tal vez las tres hagiografías aquí arrimadas bajo el título de *Extravío de lo volátil*.

Su pretexto, más que sus protagonistas, son seres alados, en su mayoría pájaros; su propósito, aportar la sección aérea de un hipotético bestiario que también tendría que contar con una sección de tierra, otra de agua y una más de fuego. La de tierra quizá la cubre otro volumen errabundo aunque ya existente llamado *Las fauces del abismo*. Las otras, por el momento, existen menos en mi imaginación que en el limbo de los cuentos que algún día podrían poblar mis fantasías y las de algún otro desocupado lector.

Aunque no lo parezcan, los cuentos restantes de este volumen son también elusivos y espectrales. Los he sumado como un cuarto a mis tres pájaros nómadas y los he bautizado con el nombre de *Todos los trenes*. Ignoro si el título es estrictamente paradójico; al menos sé que es mentiroso en más de un sentido. Por un lado, estos textos tienen poco o nada que ver con los ferrocarriles; sin embargo, así decidí llamar a este género de textos hace tantos años que he olvidado mis razones para hacerlo. Por otra parte, debo aclarar que no son éstos, en rigor, todos mis trenes. Como los textos que lo conforman, también este volumen anuncia una integridad más bien falaz, insidiosa. La razón, me parece, es bien atendible: algunos de estos relatos crecieron demasiado apenas vieron la oportunidad para hacerlo, quizá porque nunca fueron en esencia tan breves como yo deseaba que fuesen, y devinieron novelas o relatos más extensos; otros incluso se metamorfosearon en obras de teatro o en guiones de cine o hasta en relatos para niños. Rara vez tiene uno potestad sobre la longitud de sus ideas y la vida de sus demás criaturas, que nacen usualmente breves aunque arrastrando ya en su código ficticio y en su quimismo sanguíneo la simiente de una envergadura y una vida que casi nunca son tan parcas como parecen o como uno desearía.

Me releo y presiento que, en el fondo, éstos podrían ser efectivamente todos mis trenes: los que aquí faltan no lo fueron nunca, o intuyo que tarde o temprano dejarán de serlo. Así como mi aviario tríptico está en deuda con una cantidad ingente de bestiarios, cada uno de estos trenes —cada uno de los textos contenidos en este tercer viaje por las ferrovías de la ficción que no me atrevo ya a renombrar— pretende ceñirse en forma y contenido al mapa propuesto en 1970 por el narrador milanés Giorgio Manganelli, autor de *Centuria, cento piccoli romanzi fiume*. Cómplice por tierra de Calvino, Buzzati y Landolfi, fantaseador mordaz y acróbata lingüístico, Manganelli describía su libro de la siguiente manera:

> El presente volumen abarca en breve espacio una vasta y amena biblioteca; recoge, en efecto, cien novelas-río, pero trabajadas de maneras tan anamórficas que aparecen ante el lector como textos de pocas y descarnadas líneas. Así, pues, ambiciona ser un prodigio de la ciencia contemporánea aliada a la retórica, reciente descubrimiento de las universidades locales.

Aclaro, pues, que en estas prosas, así como las contenidas en mis ya remotos *Trenes de humo al bajoalfombra* (Cuadernos de Malinalco, 1992) y *Últimos trenes* (UNAM, 1996), poco tienen que ver con el flujo de conciencia o cualesquier otras complejidades fluviales de la narrativa contemporánea. A lo sumo, querrían pertenecer al indistinto censo de lo no acordado, a los manantiales de la imaginación, al divertimento de las muchas trampas que nacen de mi rotunda ineptitud para la metafísica y quizás, en algunos pasajes, a una cierta involuntaria moral. Se trata acaso de fragmentos de novelas, cuentos u obras teatrales perdidos, o de una sola obra: aquella que infatigablemente vamos escribiendo mientras nos llega la muerte, ese relato pantagruélico que nunca terminaremos y del que todos nuestros textos son solamente atisbos, capítulos, tropiezos.

Siempre he pensado que si alguien tratase de ilustrar los escarceos narrativos de Giorgio Manganelli y sus breves novelas-río, el resultado no sería muy distinto de los cuadros de Grosz o los grabados de M. C. Escher: laberintos, trampantojos, decapitadores y saltimbanquis de la ilusión narrativa, paseantes que abren puertas y ventanas hacia universos en tal medida alrevesados que al final tendrían que resultarnos aterradoramente familiares. Los textos que aquí llamo «trenes» (aunque podrían llamarse de cualquier otra manera) no aspiran sino a meterme en esos laberintos en compañía de un lector tan ocioso como aguerrido.

Sirvan, en fin, estos tres volátiles y esta treintena mutilada de falsos ferrocarriles narrativos como un homenaje a la centuria y a la memoria del soberbio monje Giorgio Manganelli, y quizá también como una modesta propaganda del pequeño género que aquél tuvo la maravillosa ocurrencia de inventarse con la retacería de lo ya inventado.

I
TODOS LOS TRENES

Formulo unas cuantas hipótesis; aquel dios, todos los dioses que he encontrado aquí arribajo, son falsos, pero son verdaderos para aquellos que, en cuanto infernícolas, moran aquí. La verdad se produce dentro de un infierno falso. Si la anfisbena no se equivoca y hay que suponer que el infierno está en todas partes, ¿no existirá una forma de verdad? Una forma falsa de verdad.

GIORGIO MANGANELLI, *Del infierno*

Uno

EL INSOMNIO NO ES EL MAYOR DILEMA DE LA PRIN-
cesa que durmió cien años. Es verdad que al principio se sintió un poco amenazada por el tedio de sus
noches gélidas y largas, pero pronto pudo constatar que no
estaba sola: dado que el reino entero había dormido con
ella y como ella, el reino entero compartiría sus desvelos
y amueblaría sus noches. Todo era cuestión de promulgar
con claridad las nuevas leyes para sobrevivir en ese tiempo ahora dilatado y ya exento del engorroso trámite del
descanso.

El problema abruma más bien al príncipe consorte, que
vino de allende el reino para romper el somnífero hechi-
zo. A la fecha, el buen mocetón no ha conseguido ajustar
su reloj interno a la perpetua vigilia de su reino putati-
vo. Condenado a requerir del sueño en una nación que
ha pagado ya con creces su cuota secular de letargo, el
príncipe consorte ha procurado por mil medios dormir
lo menos posible y acompañar a su princesa en veladas
elásticas en las que sólo él termina cabeceando mientras
el resto hace lo que puede por comenzar a divertirse. Al
principio comprensivos, sus súbditos lo observan ahora
con recelo. En voz baja lo tachan de holgazán, poltrón y

hasta desmemoriado. Le afean además su desaliño y su reticencia a volver a usar las ropas que habrían usado sus bisabuelos, así como a reasumir las arcaicas costumbres que los durmientes de antaño consideran todavía de etiqueta rigurosa dentro de los cánones de la modernidad y el buen decoro.

La princesa ha tardado un poco más en exasperarse. Pero al fin se le ha acabado la paciencia cuando, luego del amor, debe quedarse en vela exigiendo inútilmente la compañía de un amado exhausto, enflaquecido y propenso a distraerse o desmayar en el instante menos oportuno.

Hay que decir que las cosas no siempre fueron así. Aunque difíciles, los primeros años del insomnio rebosaron de entusiasmo ante las sorpresas de progreso que para todos deparaban los reinos circunvecinos, incluido el del príncipe consorte: los prodigios de la civilización de un siglo habían ido llegando al reino en súbitas oleadas, a veces con pena aunque usualmente para mejor. Siervos y señores, realeza y vulgo aprendieron aprisa a asumir y manipular los aportes de la tecnología y el pensamiento que en cien años se habían quedado al margen del reino. El insomnio les sirvió para el estudio y el análisis. Y el príncipe consorte, luminoso renovador del mundo, fue entonces el primero en regocijarse al lado de sus nuevos súbditos.

Sin embargo, una vez arraigado el futuro, el reino tuvo que abismarse en el aburrimiento y la abulia. El exceso de horas vigilantes se fue haciendo más lento, y más pausada la actividad y menos efectiva la voluntad. Los vasallos, la princesa y sus ministros comenzaron a dudar de las bondades de estar en un mundo que después de todo corría a un ritmo distinto. Y se dieron también a sospechar de aquel príncipe desigual, a veces obstruido y a veces entregado a una actividad que, por contraste con ellos, les parecía febril, monomaniaca, incomprensible. Se decía en los mentideros que el muchacho llevaba prisa cuando no debía llevarla y dormía como un lirón en horas demasiadas e incorrectas. Lo emprende todo, decían, pero no termina nada, como si las horas no le alcanzaran nunca o él nunca alcanzara a las horas. Un desastre, ay, qué vergüenza obedecer a un tal monarca.

Por un tiempo el príncipe pensó que los niños y los inmigrantes, libres del descanso de cien años, poblarían paulatinamente el reino e inclinarían a su favor la balanza del tiempo y el sueño. No fue así: el príncipe un día comprendió que no habría infantes ni extranjeros en un reino como aquél. Ahora el pobre hombre babea y dormita en el trono. Su mujer lo mira cada vez con más rabia que pena. Lo ve viejo, no lo extraña. Sopesa ya el modo de deshacerse de él cuanto antes.

Dos

S EAN USTEDES BIENVENIDOS A NUESTRA CÉLEBRE
Escuela de Impostores y Suplantadores. Estoy seguro de que aquí hallarán lo que ni siquiera sabían
que estaban buscando. Sus exigencias y deseos serán satisfechos cabalmente merced a nuestros altísimos niveles de
calidad, los cuales matarían de envidia a los impostores
independientes más reconocidos. Modestia aparte, nuestros egresados se cotizan ya a la alta en el mercado, donde
la demanda es de por sí bastante sustanciosa.

En el opúsculo informativo que les han entregado en la
recepción podrán ustedes leer una larga nómina de nuestros más célebres graduados. Claro está que los nombres
que allí se enlistan no les dirán gran cosa, pero puedo ase-
gurarles que cada uno de ellos cuenta con una trayectoria
más que impresionante: estadistas, magistrados, estrellas
de cine y toda suerte de ilustrísimos personajes han re-
currido a los servicios de estos hombres y estas mujeres
parcialmente anónimos aunque siempre sujetos a nuestra garantía de discreción absoluta e imitación inmejo-
rable. Quién sabe si uno de esos nombres que ahora les
parecen tan inofensivos ha ocupado un trono, impartido

la bendición a miles de crédulos u ordenado el arranque de una guerra de proporciones planetarias.

Pero no se dejen impresionar. Nuestros servicios y productos están al alcance de individuos comunes como ustedes y como yo. Con enorme frecuencia proveemos a individuos que por diversas razones tienen que llevar una doble vida. Los ejemplares de nuestra Escuela de Impostores y Suplantadores están capacitados para cumplir, digamos, con los requerimientos de esposas engañadas e hijos que en otro caso quedarían a la deriva. Nos atreveríamos a afirmar que hemos contribuido en buena parte al descenso del índice de paros cardiacos y úlceras gástricas entre los maridos infieles o los padres desobligados. Incluso tenemos preseas de diversos gobiernos en reconocimiento por nuestra parte en la manutención de los lazos familiares. Ciertamente la medida es poco ortodoxa, pero muy eficaz.

Los postulados éticos de la institución me impiden narrarles en detalle casos específicos, sin duda los más impresionantes. De cualquier manera estoy seguro de que pueden ustedes imaginar los privilegios que acarrea la contratación de alguno de nuestros impostores, especialmente ahora que la vida corre tan deprisa y es tan difícil llevarle el paso.

En esta venerable academia mantenemos un riguroso control de calidad. La experiencia en este campo nos ha llevado a elaborar un sistema de contratación y capacitación sujeto a dos reglas fundamentales: primero, que la suplantación sea temporal y, segundo, que el impostor mantenga siempre alguna diferencia con su cliente. A simple vista estos criterios podrán parecer desorbitados. Permítanme explicárselos:

Que la suplantación sea temporal ofrece la garantía de que recuperaremos a nuestro graduado, pues ya se sabe que hoy por hoy estos profesionales son toda una inversión. Cuando la impostura se prolonga más de lo prudente, nuestros impostores, humanos al fin, exceden su profesionalismo y corren el riesgo de incurrir en la infracción de la segunda cláusula, es decir: llegan a parecerse tanto al cliente que se convierten en el cliente mismo. En tales casos alguno de nuestros contratantes han tenido que enfrentarse a la incómoda circunstancia de ser el doble de su doble, algo así como una segunda copia al carbón de sí mismo. Por desgracia, para situaciones como ésa la institución no puede ofrecer otra garantía que procurar que el impostor mantenga una diferencia con el cliente. En la actualidad estamos estudiando la posibilidad de abrir una pequeña sucursal en la que se imparta la especialidad de Impostor de Impostores. Empero, no hemos dado aún con un sistema que nos parezca fiable y nos ahorre tener que incurrir en la ulterior formación de Impostor de Impostor de Impostores. En términos crematísticos, una tal cadena académica nos beneficiaría, pero creemos que el crecimiento ha de ser cuidadoso a fin de mantener un buen posicionamiento de nuestros productos. Como pueden ustedes imaginar, la creación infinita de impostores de impostores iría en grave detrimento de la buena fama que hasta ahora tienen nuestros graduados. Es por ello que, para casos como el antes citado, preferimos referir a nuestros clientes a la Escuela de Asesinos, una modesta filial que se encarga con eficacia de contratiempos de esta índole. Si les interesa, la recepcionista les proporcionará los teléfonos al salir.

TRES

UN HOMBRE POCO SOCIABLE Y PROPENSO A LA añoranza decide, por su cuenta y riesgo, inventarse una finca campestre en su departamento. Para ello, claro está, debe primero inventarse el campo. En la sala de estar situará un bosque de altísimas coníferas similares a las que trepaba cuando era niño, sobre todo abetos, oyameles y cipreses que en otoño cubrirán la alfombra con piñones y hojarasca. En el comedor colocará una montaña con cuevas repletas de murciélagos y frondosos helechos de los que surgirá cada día una orquesta natural de trinos y rugidos que darán algún realismo al escenario. En el baño reposará un lago de agua clara, pista de aterrizaje para gansos y grullas. Y en las orillas de ese amabilísimo cuerpo de agua el hombre edificará una cabaña provista con chimenea de buen tiro, amplias ventanas y decoración tirando a rústica. En cuanto al cielo, las grietas del techo harán las veces de relámpagos y nubarrones, y las goteras servirán de pretexto para las tormentas. Bastará hallar un azul adecuado y maleable, idóneo para que por las noches sea posible encajar en esa bóveda celeste algunas estrellas, nunca demasiadas.

El hombre dedica varios días al proyecto, y hay que decir

que el resultado es harto satisfactorio. Aunque no es idéntico al campo de su infancia, el interior del apartamento resulta muy agradable. Podría decirse incluso que es hermoso. Ahora el hombre ya no necesita salir para recordarse, ni siquiera para sobrevivir: en su bosque crecen moras silvestres y abundan alimañas de exquisito sabor, y cuando él decida que venga el invierno, no faltarán setas ni liebres.

La invención sin embargo resulta demasiado amable para ser duradera. Los contratiempos no se hacen esperar. El hombre lleva apenas unos días en su cabaña cuando tocan a la puerta de su apartamento: es la vecina de enfrente, que se cubre la nariz con un pañuelo y le dice que padece fiebre del heno. El hombre intenta formular una disculpa y le explica a la mujer que un bosque sin hierbas no es un bosque. Pero ella no está dispuesta a aceptar tales argumentos: le dice que si no se deshace del campo cuanto antes se quejará con el casero. El hombre azota la puerta y se recluye en su cabaña para maldecir su suerte.

Días más tarde vuelven a tocar. Esta vez es toda una comitiva. Los inquilinos del piso inmediato inferior se quejan de que las raíces de los abetos han traspasado el techo y se desplazan por el edificio para beber el agua de los retretes y los lavabos. Otro miembro del grupo, un trombonista que vive en el departamento de arriba, está indignado porque los graznidos le impiden concentrarse y ensayar a sus anchas. Alguien más culpa injustamente al hombre de la última invasión de insectos en el edificio. Esta vez el hombre no intenta responder; increpa a sus vecinos y busca en sus montañas una cueva donde ocultarse.

Los días siguientes el hombre verá entrar en su departamento un ejército de extraños que se ocuparán de deshidratar su lago, de talar sus árboles y de enjaular a sus animales. Máquinas inmensas demolerán su cabaña, su chimenea de buen tiro, su decoración tirando a rústica. En su lugar construirán un edificio idéntico al anterior.

Cuando abandone su cueva, el hombre afecto a la añoranza hallará en su sala una ciudad igual a la que existe al otro lado de la ventana. Cansado, se sentará a lamentar su infortunio mientras que, al otro lado de la puerta, escuchará la voz de la vecina de enfrente que se lamenta con el trombonista de cuán desconsideradas suelen ser algunas personas.

Cuatro

DESDE HACE ALGUNOS AÑOS ESTE ANCIANO COlecciona asesinatos. En sus mocedades él mismo se desempeñó como asesino, pero la jubilación lo ha refinado y ahora prefiere ser un espectador, el silencioso cómplice. Piensa que desde esta posición el placer del crimen se multiplica, pues un testigo puede compartir con objetividad las dos caras del delito ahorrándose el ingrato escrúpulo que suele dejar en la boca la ejecución por propia mano de otro ser humano.

Usualmente su mayor reto consiste en encontrar a quienes deseen ejercer la función de víctimas, pues ya sabemos que hoy en día falta seriedad en el difícil arte de morir. A esto hay que añadir los términos en que a últimas fechas las víctimas cobran sus honorarios: siempre en especie, mujeres o efebos, a veces también con vino o tabaco que las víctimas agotan antes de ser ejecutadas y enterradas en mausoleos de mármol rosa en el cementerio de su elección.

En cambio, los asesinos de categoría son todavía abundantes y el coleccionista se puede dar el lujo de seleccionarlos. El precio, casi siempre en metálico, no suele ser factor que determine su aprobación. El anciano se inclina más bien por criterios un tanto abstractos, intuitivos: invita a los candidatos a pasar unos días en su mansión, convive con ellos, los confronta y examina hasta que un día escoge a alguno y despide al resto. El elegido nunca sabe a ciencia cierta por qué razón le han contratado, aunque de cualquier manera acepta.

Una vez elegidos las víctimas y los asesinos, el coleccionista de asesinatos los invita a viajar con él. Durante un mes los agasaja, los adoctrina en su arte, se regodea en el conocimiento profundo de los intérpretes de su pequeño drama sanguinario. El anciano disfruta especialmente, casi se diría que con ternura, de la fanfarronería de las víctimas, de sus desplantes poco creíbles de resignación ante la muerte. Los asesinos, por otra parte, le resultan simplemente más sencillos: son taciturnos, casi siempre huraños e incapaces de relacionarse con sus semejantes, menos aún de convivir con los rozagantes moribundos que agotan frente a ellos sus sueldos de coñac y habanos.

El día señalado para el asesinato puede llegar en cualquier momento. Esto depende del ánimo desigual del coleccionista quien considera el suspenso parte del deleite. Todo coleccionista de respeto, sentencia él en mitad de la cena, debe saber cuándo y cómo ordenar un crimen sin perder jamás la compostura. Últimamente, añade, hay demasiados improvisados en el gremio, muchos de los cuales han envilecido el arte: los necrófilos, los que prefieren muertes excéntricas al crimen clásico, aquellos que graban los asesinatos como si la pantalla electrónica pudiese reproducir con fidelidad la magnificencia de los últimos instantes en la vida de una persona.

Nada de esto, aclara el viejo, significa que un buen coleccionista deba rechazar un toque de espontaneidad. Hay que conceder a las víctimas cierta libertad para la creación. Un ligero toque de novedad hace que el crimen se refine y permite en gran medida que se mantenga agradablemente en la memoria como el sabor de ciertos vinos que han tomado por sorpresa al paladar. Apegarse con demasiada rigidez a los cánones del asesinato puede llevar a un desenlace folletinesco donde ni siquiera un forcejeo o una persecución por los pasillos de la mansión parezcan otra cosa que escenas extraídas de una mala película en blanco y negro.

En el ámbito de los asesinatos inesperados, el coleccionista guarda en su memoria algunas piezas entrañables y se entretiene en recordarlas cuando una senil melancolía le invade de manera inopinada a la hora de la cena. Piensa, por ejemplo, en el caso de un asesinato donde la víctima, cierta bella mujer de mirada lánguida, sedujo poco a poco al caballero que estaba destinado a ser su asesino. Llegado el momento éste se negó a matar a aquélla, y entonces la dama aprovechó el titubeo para quebrantar su contrato asesinando a su asesino.

Fue hermoso, suspira el anciano al terminar la cena, aunque les ruego que en modo alguno intenten repetir una infracción semejante. Esto dicho, deja que una lágrima de nostalgia le agüe las pupilas mientras víctimas y asesinos, hermanados y chispeantes, brindan por la salud de su anfitrión.

Cinco

UNA DAMA ENTRADA EN AÑOS Y EN CARNES TOMA el sol en su playa privada. Por un instante su cuerpo adiposo percibe el tacto helado de una sombra, tal vez un pájaro o una nube demasiado baja interpuesta fugazmente entre su desnudez y el cielo. Acariciada nuevamente por el sol, la mujer abre los ojos y busca arriba la nube inoportuna. Pero el cielo está limpio y sin culpa. Y el sol, apacible, parece hasta apenado por su breve distracción. La mujer cierra los ojos y vuelve a dormitar su bronceado.

Minutos más tarde, la sombra vuelve a acariciar su plexo cetáceo. En esta ocasión la sombra viene acompañada por el sonido de un aleteo cercano al rostro de la dama, que abre los ojos enseguida y trata de sorprender al ave errabunda. Se mantiene inmóvil un segundo y se alarma cuando, sobre la arena por encima de su cabeza, percibe un golpe seco. El aleteo se ahoga, arroja gránulos de arena sobre sus párpados aún cerrados. Ella aferra su toalla, el animal se aproxima. Ella lanza la toalla sobre su atacante, pide auxilio.

Los sirvientes encuentran a su ama desnuda junto a la inmensa toalla móvil. Al alzarla, el mayordomo descubre a un lívido adolescente que emite un grito, se cubre el rostro y desmaya. También la dama pierde el conocimiento y es llevada en volandas a su habitación.

Al día siguiente la dama pregunta si ha soñado porque juraría haber visto por su ventana un espejismo de luna plateada. Durante el desayuno el mayordomo le asegura que no tiene de qué preocuparse: el invasor se encuentra a buen resguardo de las autoridades locales, bajo los cargos de allanamiento de morada e intento de agresión. Las peculiaridades físicas del muchacho, añade el sirviente, han obligado a los responsables a apartarle de los otros criminales en una celda en penumbra. El prisionero se niega a comer, dicen que a ese paso no vivirá mucho tiempo. No sé cómo pudo entrar, se disculpa el mayordomo. Pero la dama ahora entiende muy bien qué ha sucedido y no le regocijan las noticias.

Contrariando los consejos de su mayordomo, la mujer entrada en años y en carnes acude a la prisión. Sus visitas se repetirán en los días por venir, justo a la hora en la que el sol se oculta sobre su playa privada. La mujer ha empleado sus más altas influencias para que le permitan ver al prisionero; los guardias la dejan entrar a regañadientes, esperan afuera a que concluyan las visitas y terminan por acostumbrarse. Al cabo de una hora ven salir a la mujer, rotunda y pálida.

Cuando la dama se aleja en su automóvil, los guardias intercambian guiños y sonrisas. Con frecuencia intercambian opiniones: algunos afirman que la mujer entrada en años y en carnes es la madre del anémico prisionero; otros, los más suspicaces, sugieren cosas peores.

Seis

EL HOMBRE QUE SE ENCUENTRA EN EL VACÍO HA comenzado a sentirse incómodo. Lleva así un lapso que le parece ya inaceptablemente largo, aún más si considera que en ese lugar –si es que podemos llamarlo lugar– el paso del tiempo resulta igualmente imperceptible. En su fuero íntimo, el hombre sabe que nunca podrá acomodarse del todo a su nueva situación. Y entiende que siempre se arrepentirá de no haber sabido apreciar en el pasado la agradable sensación de apoyar los pies en tierra firme y de saber hacia dónde se encuentran el firmamento y el inframundo.

Pero su mayor desasosiego radica no en su cuerpo sino en su mente, lo cual hace que sus circunstancias sean aún más enervantes. Si por lo menos estuviese flotando en el espacio sideral, no así en el vacío, podría sentir la sangre revuelta, el girar desaforado de su cuerpo. Pero ¿hacia dónde girar donde se carece de ejes? En el espacio podría al menos ubicar un brillo, una estrella o un planeta que le sirvieran de referentes; un punto de fuga para calcular las distancias y las proporciones y su posición. Allá al menos podría notar la oscuridad por contraste con los destellos astrales, el planetario azul oscuro que antes sólo veía en los almanaques, en las películas y en los programas de televisión.

Pero este vacío es indudablemente más cruel; aquí el hombre no tiene más remedio que convertirse en su propio eje. Y esto le resulta molesto en extremo: ser la medida de todas las cosas cuando y donde no hay cosas, le parece más bien humillante.

El hombre que se encuentra en el vacío procura contar horas, minutos, segundos. Entonces descubre que incluso esa noción de tiempo se le ha perdido. Los latidos de su corazón languidecen. No le extrañaría que tarde o temprano simplemente se apagasen.

Lo peor de todo es que este hombre en el vacío sabe que no está solo sino alejado. Aunque no puede verla ni escucharla, en algún punto intuye a la humanidad entera compartiendo su trance. Es como si todos se hubiesen internado de repente en el agujero de una dona, como si alguien les hubiese obligado a repartirse la nada en partes iguales. El hueco que no es hueco los ha engullido sin remedio para que paguen una deuda incierta con una epidemia de espacios vacíos que no son estrictamente espacios ni están vacíos.

El hombre se niega a pensar, pero piensa, y al hacerlo padece los rigores de la incertidumbre. No sabe cuánto tiempo lleva así ni cuánto permanecerá así. Quisiera abandonar esa situación, pero se da cuenta de que el abandono implica despojarse de algo, y él ahora mismo no es nadie y carece de todo. En esta vacuidad no hay entradas ni salidas, ayer ni hoy, contingencia ni necesidad. Esto, masculla, debe ser el infierno; la incertidumbre es el infierno. No obstante, busca en el exterior el infierno y no lo encuentra. Ahora ni siquiera puede saber si está vivo, muerto o muriendo. Entonces yo soy el infierno, se corrige al fin. Pero allí, en la oquedad radical, nadie hay para decirle si está o no en lo cierto.

SIETE

AL MONSTRUO QUE YACE EN LA PLANCHA LE PARECE que hay algo en toda aquella historia que no marcha como debiera. Es más: se atrevería a afirmar que el doctor o su ayudante corcovado han cometido un error garrafal por el que él no está dispuesto a pagar.

Su flamante cerebro de muerto redivivo cree recordar que los hechos en la versión original de su historia ocurrían de otra manera. Se supone que el ayudante del médico hacía llegar a su amo un cerebro disfuncional, el cerebro de un loco, de un idiota o de un simio. El resto de la historia es más o menos predecible: el monstruo cobra vida y, obedeciendo a su naturaleza infrahumana o de plano bestial, la emprende contra todo y asesina a una niña que arrojaba flores en un estanque. La criatura o demonio escapa luego de una multitud enardecida y acaba por matar a su creador en un viejo molino donde él mismo morirá poco después. Eso es, en pocas palabras, lo que el cerebro del monstruo recuerda, lo que supuestamente tendría que ser su destino.

Ahora bien, si efectivamente él es el monstruo –y así se lo confirma su cuerpo de miembros humanos extraídos de tumbas o rescatados del cadalso–, ¿cómo es posible entonces que pueda pensar con tal frialdad? Todo indica que le han implantado un cerebro bastante más lúcido de lo esperado. En suma, el ayudante deforme del doctor ha traído por desgracia el cerebro de un sabio, el cerebro que su amo en un principio solicitó y que en realidad será el cerebro incorrecto, ello si se quiere dar coherencia a la historia de la que ahora forman parte. La escena original del laboratorio en la que el jorobado equivocaba los cerebros no ha sucedido, lo cual ahora no sólo es preocupante sino paradójico: resulta que la equivocación del guion original era su principal acierto, pues el error del jorobado permitía el desarrollo oportuno de la tragedia, una de las más conmovedoras de la cinematografía, la que permitía la inmortalidad del monstruo, así como la del doctor y hasta la de su asistente.

La tragedia está por ocurrir de una forma distinta. Al monstruo le han dado un cerebro sano, lo cual no puede menos que contrariarle. Cualquier otro elemento de la historia podría haber sido alterado sin consecuencias tan graves: el tiempo, la ubicación, los motivos del doctor. La plancha metálica en la que yace el monstruo pudo ser de otro material y el proceso de su nacimiento pudo ser alquímico en vez de eléctrico. Podría haberse cambiado todo salvo este cerebro sensato, tan poco prometedor.

A su pesar, el monstruo está consciente, demasiado consciente de que el doctor aguarda con ansiedad sus primeras señales de vida. Sabe cuán alegre se pondrá el creador al notar que su criatura piensa y habla como cualquier hijo de vecino, perspectiva que en el fondo no resulta para el monstruo particularmente halagüeña. Es obvio que en un principio causará admiración y hasta un poco de afecto.

Los sabios le harán un sinfín de preguntas que él contestará con mayor o menor acierto, sin esmerarse mucho. Su creador, entonces, se llevará todo el crédito del milagro, paseará a su demonio por el mundo como a un prodigio de feria, de una conferencia a otra. Juntos figurarán en las portadas de las revistas de divulgación, en los programas televisivos: el homúnculo junto al genio, el antropoide resurrecto y soso junto al gran maestro. Entonces la criatura será casi un objeto, será un personaje poco agraciado pero nunca un monstruo. En el mejor de los casos acabará por servir incondicionalmente a quien le dio vida; se convertirá en el perro del doctor, en una prótesis, en un esclavo sujeto moral y físicamente a un sistema nervioso ajeno a él.

Pero yo soy mi cerebro, piensa el monstruo. Definitivamente no quiere ni espera ser una prótesis. Es verdad que no le gustaría parecer malagradecido, pero, vamos, cualquiera en su sano juicio temería un futuro como el suyo. Es más, si se pone filantrópico, cabe considerar que sería una injusticia privar al mundo de su terrible y original historia.

Es por todo esto que el monstruo, apelando a nuestra comprensión y reconociendo tanto la inocencia del doctor como la culpabilidad supina del ayudante, decide que es preciso hacer algunos sacrificios para ganar la trascendencia. Cuando el doctor vuelva al laboratorio se comportará no como un hombre sino como el dueño de un cerebro bestial. Más tarde asesinará a la niña del estanque, a su amo y a sí mismo. Sólo así las cosas serán como deben ser y el monstruo será de veras inmortal en nuestras pesadillas.

Ocho

EL PRIMER ESPADACHÍN DE LA REINA SE HA PREGUN-
tado últimamente hasta qué punto debería aferrarse
a sus lealtades. No es que fragüe una traición, tampoco así una serie infinita de decapitaciones que a la postre, bien lo sabe, permitirían a otros más audaces que él
instaurar en la región un directorio de edictos sangrantes
y gabinetes erráticos. Él siempre se ha considerado un caballero honorable, monárquico a ultranza, de costumbres
convenientemente libertinas sólo cuando así lo exigen o
permiten los códigos de su bien ganada estampa.

A lo largo de su vida este atormentado caballero se ha
topado con más de un adversario digno de su temple. De
cada uno ha sabido dar cuenta cabal, no siempre de buen
grado, pues muchos de ellos habrían comenzado sus an-
danzas al servicio de la reina, y luego, devorados por du-
das similares a las que ahora embargan a nuestro hombre,
han decidido alzar contra el trono la barbilla y el filo de
sus espadas. Los motivos para esta aparente involución de
la fidelidad de los espadachines majestuosos son oscuros.
Los diestros simplemente amanecen un día de tantos con
el rostro transformado, van y orinan sobre cierta efigie
oficial, arrancan algún edicto clavado en las puertas de

una iglesia, gritan mueras a la reina y desenvainan contra guardias y paladines. Aunque tardan en morir, lo hacen en tal número que las huestes al servicio de Su Majestad han mermado de manera dramática en un lapso relativamente breve.

A últimas fechas, el primer espadachín ha tenido que apoyarse en cuatro o cinco espadas no tan ágiles, por lo que su primacía hoy no le provoca regocijo alguno. Con cuánta altanería podía antes jactarse con las mozas de ser el primero entre el medio millar de diestros de los que entonces servían en la corte. Bien visto, puede que sea ése el motivo de su presente titubeo: en estos momentos nuestro hombre se pregunta si en verdad hay un galardón futuro para el servicio respetable, si queda en el mundo algo más que el honor de ser la punta de una multitud que sueña siempre con ser la punta, si vale la pena ser la cabeza de un cuerpo frágil, diezmado, inexistente casi, un tropel que va por ese mundo como el guillotinado ya incapaz de erguirse con algo parecido a la dignidad. Cada vez que ha tenido que rematar a alguno de sus colegas rebeldes, el espadachín ha intentado extraerles una confesión, un motivo, una arenga que le permita explicar a sus amos que en algún lugar palpita una conspiración, una secta, alguna argucia papal para aniquilar esa precisa monarquía, un deseo de cambio, lo que sea, cualquier argumento que pudiera permitir a su señora ilusionarse al menos con que pronto tendrá una muerte escandalosa que le permita pasar a la historia.

Pero no, ninguno de los espadachines solivantados tiene una razón de peso para haber hecho lo que ha hecho. Cuando el primer espadachín de la reina los ha cercado, cuando se inclina sobre sus cuerpos sangrantes para obtener de ellos una confesión rotunda, lo único que escucha son gemidos delirantes dirigidos a una doncella, a una madre que se invoca entre estertores. O sencillamente un rezo, una súplica de mátame, camarada, que ya no aguanto más esta mierda.

Hoy el primer espadachín ha terminado por comprender la razón oculta de la rebeldía, que es también la de su inminente abandono. El motivo es que no hay motivo, se dice, y mientras aceita el filo de su espada evoca el tiempo en el que aún había algo en qué creer. La traición, concluye, no existe. Tan mal estamos que nos faltan argumentos para derribar a un rey o asesinar a un cardenal. Aquí ni siquiera caben las conjuras.

El primer espadachín termina de limpiar su espada, busca un edicto y le escupe. Eso bastará para que en unos cuantos minutos el segundo espadachín de la reina lo enfrente en un duelo que será breve, una batalla minúscula que tiene escrito desde ahora su trágico final: la derrota de ambos, apenas espaciada por unos meses, nunca demasiados, nunca bastantes.

NUEVE

A RAÍZ DE SU ÚLTIMO Y ENFADOSO DESENCUENTRO con un príncipe poco dotado para la defensa personal, el Minotauro ha decidido abandonar su laberinto y buscar uno que le confiera nuevas emociones. Su proyecto, hay que decirlo, comienza por darle algunos dolores de cabeza: hoy por hoy, la manía de los arquitectos por simplificarlo todo, así como su rechazo generalizado hacia los espacios oscuros o las estructuras herméticas, le impiden encontrar un sitio digno de sus expectativas. En días pasados ha querido habitar en las cloacas parisinas y en el metro londinense, pero ha acabado por descartar esas opciones en vista de que las autoridades están empeñadas en remodelar aquellos legendarios vericuetos iluminándolos y planificándolos hasta hacerles perder su enigmática estructura.

Lo único que resta al Minotauro es reunir sus tesoros y convocar a un concurso para la construcción de un nuevo laberinto. El premio es sustancioso a fin de que los mejores arquitectos acudan a la cita. El convocante aclara que no aceptará planos ni proyectos. Desea que los laberintos participantes sean íntegramente construidos ante sus ojos, pues sólo perdiéndose y encontrándose en ellos podrá decidir cuál es el dédalo que lo albergará en sus soledades de invierno. Él cubrirá los gastos.

El Minotauro ha comprado para su proyecto una isla perdida en la inmensidad de un océano remoto, una isla pequeña, un islote casi. Para llegar hasta allí es preciso padecer incontables fatigas, siempre guiados por radares especializados y a bordo de aviones expresamente diseñados para misiones difíciles. Los arquitectos, sus equipos de constructores y el material para la edificación llegan en barcos o en paracaídas. El Minotauro recibe a los concursantes con su sonrisa bovina y se sitúa en el centro geográfico de su isla. Con una inclinación de cabeza indica a los constructores el momento de comenzar.

Repartidos en el territorio de la isla, con el Minotauro como centro, los arquitectos se dan a la tarea de construir sus mejores laberintos. Juegos de espejos, muros movibles, escaleras interminables, pasillos en espiral y ventanas al vacío se conjugan en las edificaciones que paulatinamente se extienden por la superficie insular. No faltan trifulcas entre las varias partidas de constructores que se han dado a transgredir los límites establecidos al principio. Por las tardes, al final de la jornada, los equipos se reúnen para analizar los avances y, sobre todo, para memorizar los secretos de sus respectivos edificios: saben que sería fatal que alguno de ellos quedase atrapado en su creación, a merced de la voracidad del amo.

Los laberintos se construyen, pues, de dentro hacia fuera, bajo la mirada vigilante del minotauro que sonríe tranquilo desde el centro, encantado con el éxito de la convocatoria y regocijándose en la ansiedad de sus convocados.

Pasan los meses, los laberintos están a punto. Los competidores otorgan a sus jefes el honor de colocar las últimas piedras, la firma en el umbral de cada uno de ellos. Pero al llegar el momento de los brindis y los aplausos, el rugido del mar los enmudece. Las olas se levantan ante ellos como afilados colmillos. La isla es ahora un laberinto ideal, congestionado, disímbolo; la isla es el sueño del Minotauro. Sólo sus fauces son la salida de esa construcción donde una multitud de seres aterrados vivirá huyendo indistintamente de su hambre o de las olas.

Diez

E STA VENDEDORA DE COSMÉTICOS SE HA CANSADO
de que los psiquiatras le digan que su situación
nada tiene de extraordinario. Está harta de que
unos y otros, luego de escucharla unos minutos, reiteren
que cualquiera tiene un *déjà vu* de vez en cuando. Alguno
ha llegado tan lejos como para reconocer que en su caso
la incidencia es poco habitual, aunque eso en modo alguno debería preocuparle.

Así y todo, la vendedora de cosméticos está convencida
de que su condición es grave. Poco le importa si otros, numerosos o escasos, padecen su mal. A ella sólo le preocupa
el hecho preclaro de que su existencia entera es cuestio-
nada por la incesante concatenación de reincidencias con
que su memoria insiste en agobiarla.

Como es de esperarse, la negligencia o la ineptitud de
los psiquiatras la han llevado a convertirse ella misma en
una experta en el mal que padece. En las últimas semanas
ha conocido, estudiado y cuestionado mil suertes de inter-
pretaciones, desde las más verosímiles hasta las que rayan
en el más estrafalario esoterismo y la explosión de lo ocul-
to: teorías vinculadas con la reencarnación, versiones que
explican el *déjà vu* como una suspensión infinitesimal de

la conciencia, la idea de que soñamos efectivamente lo que va a ocurrirnos o aquella otra que asegura que creemos haber vivido una escena dada cuyos elementos habíamos percibido anteriormente de forma dispersa. Todas estas razones y muchas más han pasado por ella sin jamás convencerla.

Una amiga del gremio le ha dicho con aires didascálicos que en una profesión como la de ellas es inevitable que ciertas mentes sensibles sientan que los actos y las cosas se repiten sin tregua. Después de todo, un vendedor que pasa tantas horas al día tocando puertas idénticas, repitiendo las mismas sonrisas y los mismos discursos, recibiendo siempre parecidas negativas y padeciendo constantemente parecidas frustraciones, no tendrá al cabo más remedio que vivir literalmente en un perpetuo *déjà vu*. Y si a esta constante reiteración añadimos que al volver a casa un vendedor frustrado sigue repitiendo en sus adentros los portazos pasados y temiendo los portazos futuros –y si además pensamos que sus sueños no pueden ser muy distintos–, no es entonces sorpresa que, por mera estadística, ciertas escenas vividas en la monotonía parezcan sin cesar escenas recordadas.

La vendedora de cosméticos piensa que esta última versión de su padecimiento es lo más próximo a un diagnóstico razonable entre los muchos que le han prodigado. Mas no le basta aceptarlo para explicarse por qué en los demás actos de su vida cotidiana –aquellos que no parecen vinculados con su monótona actividad comercial– el *déjà vu* se repite con tal vehemencia que en ocasiones se ha descubierto sintiendo el *déjà vu* de un *déjà vu*, esto es, la reminiscencia de haber tenido una reminiscencia.

La vendedora de cosméticos se pregunta entonces por qué razón, cuando el domingo se levanta tarde y ve por primera vez cierta película en la televisión, sigue teniendo la certeza de lo ya visto o lo ya vivido. Ha llegado a pensar que no es sólo ella quien se repite en su recuerdo sino que el mundo mismo lo hace fuera de su cabeza. Cree que tal vez su historia y todas las demás historias son sólo variantes desacomodadas de una misma escena, de otra cadena única de vida que ella, para su mal, tiene la capacidad de reordenar, incluso de manera inconsciente. Acaso todas sean frases hechas, y todos los cafés y toda la ropa y todos los gestos están impedidos de ser nuevos desde el instante mismo en que comenzaron a existir en la consciencia de los hombres.

Sea o no ésta la gran explicación de su drama, lo que más ofende a la vendedora de cosméticos es no saber ya en qué punto del tiempo y la consciencia está colocada su vida. Si somos nuestra memoria, especula, quien sólo recuerda que recordó algo no puede ser nadie. Definitivamente, se afirma, lo que ahora necesita es hacer algo extraordinario, romper de una buena vez con su rutina. Pero no se atreve, no se decide a planear ningún cambio, pues sabe que al realizar lo planeado volvería a tener la sensación de estarlo recordando. De esta suerte, amedrentada y sola otro domingo sobre la misma cama, la vendedora de cosméticos dispone las cosas para su siguiente jornada. De pronto llora y al hacerlo tiene la clara impresión de no haber hecho otra cosa desde que vio la luz primera.

Once

Este hombre con bombín y perfume a pipa inglesa no ritmará más la tarde al golpe de su bastón: su paseo por la ciudad se ha interrumpido al fin. Ya la calle desierta lo ve tragar saliva, bajar nervioso la mirada hacia el asfalto.

Y es que hace unos minutos este caballero descubrió por casualidad la cara opuesta del mundo. Casi tropezó con ella, la sintió de pronto bajo sus pies, fluyendo tranquila por debajo de una alcantarilla. La niebla que cada tarde desciende a su ciudad de callejones y farolas desmayadas le ha seguido los pasos hasta allí, y con ella se ha internado por la ranurilla del plomo. Con la niebla también ha sentido mezclarse el vapor cálido y los murmullos de un cosmos opuesto que poco a poco le va taladrando los oídos, empañándole el charol de los zapatos, gritándole la existencia subterránea de una faceta del mundo que hasta hoy no conocía nadie.

Lo primero que pasa por su cabeza es que allá, entre las ratas y la inmundicia, subsiste un pueblo que también tiene que ser humano, o alguien derivado de lo humano. Pero ese pensamiento apenas lo convence: algo hay en los vapores y los murmullos de la alcantarilla que lo obligan a corregirse. No somos humanos, le gritan. No somos ni fuimos nunca como ustedes.

Anochece cuando el hombre deja caer su bombín, se deshace del capote, tira sus anteojos y recibe la luna en cuatro manos, pegada la oreja izquierda a la alcantarilla. Sólo así, piensa, podrá confirmar la fuente de los murmullos. Oye entonces un golpe de mar –habría jurado que era el mar–, pero ese oleaje sólo le sugiere un desierto. Escucha luego un carruaje que parece todo menos un carruaje, y percibe al final el creciente parloteo de una multitud, una turba numerosa que sin embargo conversa sólo como gritaría un hombre solitario en un islote.

Nadie lo mira, nada pasa. Ni siquiera la luz macilenta de las farolas repara en el asombrado caballero. Sólo la luna, descompuesta por la niebla, lo mira palparse el corazón, hinchar los ojos escrutando la penumbra de la cañería, restregarse la nariz que se le ha enfriado de tanto oler cosas que no son exactamente cosas. Entretanto los ruidos del submundo crecen confirmándole que allá debe haber algo, así sea el hueco de las cosas de arriba. El hombre ya no cree en las ratas ni en la basura, sólo cree en el hueco.

Ahora el caballero está seguro de que Dios ha guardado precisamente ahí, bajo esa exacta alcantarilla, en ese punto de la ciudad, los retazos que le quedaron del caos primordial cuando terminó su labor en el sexto día de la creación. Ahí tendría que estar lo que fue desechado antes de que comenzara el Ser, los moldes de la Totalidad, algo semejante a las siluetas que quedan sobre la mesa cuando un niño termina de recortar una cadena de hombrecitos de papel de China.

Los murmullos comienzan a atraerlo. El hombre, ya sin sombrero y sin capote, sabe que una semejante seducción es tan lógica como ineluctable. En alguna parte debían estar los escoriales de Dios, las formas complementarias de cada vida y de cada muerte y de cada noche de caminar a solas por la ciudad. Y él, precisamente él, los ha encontrado.

No tardará en vencerlo la curiosidad; no tardarán en caer al suelo un reloj de oro, una camisa, un chaleco, unas polainas. Al hombre sólo le quedará encima su perfume a pipa inglesa, y así, desnudo, se resignará a nadar entre miles de siluetas hasta encontrar la que le corresponde. Levantará, pues, la oxidada alcantarilla y se arrojará en un piélago de inmundicia donde más temprano que tarde se ahogará buscando la santidad.

Doce

ESTABA ESCRITO QUE ESTA MAÑANA Y NO OTRA alguna el hermano campanero terminaría de perder el poco juicio que le quedaba. Estaba dicho que justamente hoy su alma movería los aldabones de la puerta enorme que conduce a la oscura cámara de la angustia. Los oficios de maitines en la abadía han sido cercenados por el grito del fraile enloquecido. Su voz atribulada se ha propagado por las torres hasta convertirse en lamentos por el fin de los tiempos. Es imperioso tomar medidas extremas y evitar así que también los novicios pierdan la calma: habrá que aislar al hermano campanero en una celda recóndita, aunque podría ser ya demasiado tarde: la semilla del pavor ha hallado tierra fértil en los ánimos replegados y en los oratorios. Nada podrá acallar ahora al hombre que sigue gritando que ha escuchado voces ajenas en los pasillos de la abadía.

Sólo el abad se atreve a visitar en su encierro al hermano campanero. Es él quien le lleva a diario un plato de higos y un poco de su mejor vino. Entra solo, echa llave a la celda y se queda varias horas con el loco. Los demás acechan por el ojo de la cerradura, raspan la puerta de vez en cuando para preguntar al abad si está bien vuestra merced. Sí, hermanos, responde el abad, dejadnos solos. Y vuelve entonces a inclinarse sobre la frente sudorosa de su fraile huérfano. Conversan a media voz, como si lo confesase, hermanos, como si le rogase discreción o silencio sobre algo más diabólico que divino.

Al cabo de unos días el hermano campanero reinicia el griterío en pleno oficio de vísperas. Los novicios disimulan su nerviosismo en la penumbra mientras murmuran que también ellos han comenzado a tener visiones y a escuchar ruidos extraños. Tropiezan, comulgan más de la cuenta, se fustigan, confiesan pecados que no están seguros de haber cometido.

Al cabo de una semana ya es posible sentir en los claustros el aire compartido de la duda que se acelera al compás del invierno. Las visiones del hermano campanero se han extendido como la peste. Infringiendo las horas de silencio obligado, los frailes intercambian nuevas y rumores: unos han despertado de pronto con el rezo increíble de un búho entre los olivos, alguien dice que en el sótano desfilan a veces hileras de antorchas y que media docena de jinetes ha pasado a trote lento sobre los bancos de la capilla. Los hay que hablan de los roces de un amor apresurado que alcanzan a sentir desde las camas de las celdas vacías. Corre incluso el rumor de que un murciélago gigantesco engorda cada noche en las cocinas.

El abad sabe que pronto llegará el día en que será imposible aplazar la fatalidad. No hace mucho que ordenó quemar al hermano campanero, aun a sabiendas de que eso apenas mermaría un poco los pavores en la abadía invadida. El musgo ahora crece por todas partes, abundan las telarañas. En vano los novicios limpian los muros dos o tres veces al día. La cuarta vez se resisten a quitar el musgo porque el cansancio y el miedo a aquel verdor empecinado los convoca a sólo leer salmos encerrados en sus celdas. Las paredes se desmigajan, las grietas que una vez fueron pequeñas se unen y exceden la argamasa con que el abad pretende todavía aplazar lo inaplazable. La polilla ha organizado una orgía en el maderamen de la cruz mayor.

Un miércoles el abad termina presuroso el rezo de laudes, pero no abandona la capilla: baja del altar y se recuesta en las baldosas enmohecidas como quien espera recibir su ordenación. Boca abajo, abre en cruz los brazos buscándoles un espacio entre los cardos que han ido creciendo ahí sin su licencia. Finalmente el abad se desvanece, los demás lo imitan. Quedan en el suelo los hábitos vacíos, pasto para las ratas, ropa llena de polvo que siempre fue polvo.

Atardece en este renovado miércoles de ceniza. Otra pareja embozada busca un rincón para amarse en la ruinosa abadía.

Trece

SI EL NIÑO GRIS QUE DUDA AHORA MISMO ANTE LA puerta llega a girar la perilla, romperá las simetrías que durante siglos han regido sobre el interior de la mansión. Si entra allí perturbará la lógica perfecta de las proporciones últimas y la casa entera quedará desnuda para su propia destrucción frente a los ojos impotentes y pasmados del mundo exterior. Pero la puerta cederá sin mucho esfuerzo; sus bisagras aceitadas girarán sin un chirrido, y en un instante el niño gris habrá ingresado en la arquitectura del revés.

El niño se topará primero con diez escalones que lo invitan a descender. Una vez en la base de la escalera, nuestro invasor de trazo cenizo mirará sobre el hombro para descubrir que esos diez escalones de bajada han devenido diez escalones de subida. Frente a él verá un muro que lo obliga a reemprender el ascenso que sólo en apariencia lo conduce a la salida que antaño fue entrada. De repente, en mitad de la escalera, el pequeño descubrirá que la puerta que él mismo alguna vez dudó en abrir ha desaparecido para ser reemplazada no por un muro sino por un balconcillo con pasamanos de mármol.

Subirá, qué remedio, los primeros cinco escalones hasta

que interrumpa su trayecto un descansillo intermedio, antes ausente. Sólo ahí, en mitad de la escalera, el niño empezará a preguntarse en serio si está subiendo o bajando. Verá entonces que el balcón en el extremo superior de la escalera es menos un balcón que una salita de estar. Mientras tanto, en la punta opuesta de la escalera, el niño gris echará en falta el muro primigenio, en cuyo lugar habrá ahora un comedor vacío. La escalera, concluirá entonces, nunca fue escalera sino un corredor interminable, lato como el mar, franqueado por innumerables puertas.

Sin perder la calma, el niño notará que también su cuerpo se ha alterado, porque ahora los pantalones le vienen cortos y los zapatos, estrechos. Mirará hacia el cielo raso para descubrir un florero invertido, una mujer que le recuerda a su madre muerta riega las flores negras con una jarra. Al ver que el agua no le baña el rostro, el niño gris pensará que nunca hubo escaleras ni suelo, que de alguna forma está parado en el techo, cabeza abajo. Por tanto, su mareo de entonces será solamente imaginario, suficiente sin embargo para que él deba alargar la mano e inclinarse a vaciar la entraña. Al abrir los ojos se encontrará otra vez en el balcón; y su vómito apestará una nueva escalera que quién sabe si sube o baja o si simplemente está allí como un pasillo plegado que ahora será preciso desandar.

El niño, ahora un descoyuntado joven, se limpiará la barbilla y se perderá así en una travesía por arribas y abajos trastocados; errará por entradas que una vez fueron salidas y que siempre, tras sus pasos, volverán a ser puertas que se abren o se cierran hacia ningún sitio. En esta casa el niño gris envejecerá asomándose al vacío, subiendo escaleras que bajan y bajando escaleras que suben indistintamente hasta terminar en el más profundo de los sótanos o en antesalas al más alto campanario. A veces se topará con su madre regando macetas inclinadas, o con su hija sembrando flores negras, o con su esposa llenando de agua la jarra de chorros irregulares. A cada una de ellas rogará que por favor le indiquen la salida. Pero ellas, como una sola, cerrarán silenciosas las ventanas con el gesto de quien abre una puerta para recibir a un hijo pródigo.

Puede ser que un día muy lejano del mañana o del ayer la estadística o el azar permitan al visitante reencontrar la puerta original. Su mano anciana se prenderá a ella con la fuerza y la precisión que le habrán dado la costumbre, y la empujará sin gran esfuerzo. Entonces verá ante sí a un niño gris que se aleja en la oscuridad. ¿Quién eres?, preguntará el viejo. Pero su única respuesta serán aquellos pantalones cortos y aquella cabellera albina que se aleja de una puerta que él, ahora lo sabe, nunca tuvo el valor de abrir.

CATORCE

ÉSTE ES LO QUE COMÚNMENTE LLAMARÍAMOS UN lector cautivo. Poco importaría anotarlo si aquél de quien hablamos no hubiese llevado su condición al extremo, si su cautividad en las redes de cierta novela no rayase hoy en lo literal. Hiperbólico por naturaleza y solitario de oficio, el lector cautivo no puede ni quiere escapar de las páginas que va leyendo: en modo alguno desea desprenderse del pesado enamoramiento que le hace dedicar íntegros su tiempo y su atención a ese relato que, hay que aclararlo, aún no acaba de leer, antes por miedo que por negligencia.

Pero el lector cautivo no es enteramente culpable de su condición. Sucesos infortunados y pasiones otrora contenidas se han unido para atraparlo sin remedio: desde su primera lectura de los capítulos iniciales del libro, el lector ha quedado perdidamente enamorado de la protagonista, la mujer de azul. A partir de entonces ha leído y vuelto a leer las páginas que protagoniza su amada, y gasta sus horas buscando entre líneas la señal para conseguir que las puertas de esa ficción precisa le sean abiertas.

También hay que aclarar que esta lectura maniática es enteramente inútil. No porque el contacto entre la mujer de azul y el lector cautivo sea de plano imposible –sabemos que cosas tales han ocurrido en más de una ocasión–, sino porque ella no tiene interés alguno en que tal encuentro suceda. Aunque atractiva e inteligente, la mujer de azul cuida su espontánea vanidad y tolera muy pocas cosas: su pudor o su orgullo le hacen rechazar a ese lector que la importuna y la acosa. Ante él, la protagonista de la novela se siente desnuda, vulnerable; le molesta sobremodo que el fisgón se asome siempre a su ventana e invada sus rutinas como un duende lascivo que le sigue ansioso los pasos y le cela sin derecho sus conversaciones con los demás personajes de la novela.

Y es que, además, la mujer de azul aborrece al lector cautivo tanto como ama a su autor, y hará todo lo posible por escapar de aquél como por seducir a éste. Con el pretexto de protegerse de su perseguidor, ella busca constantemente la protección de su creador; intenta refugiarse en sus brazos y en su escritura de artista apasionado aunque insensible a sus súplicas.

Por lo que hace al autor, éste ciertamente compadece a su criatura, pero no la ama. En la medida de sus posibilidades y de la consistencia del relato, siempre ha tratado de ampararla y alejarla del acoso del lector cautivo: la ha reescrito en la sombra, la ha hecho desvestirse en habitaciones sin ventanas ni subtítulos, a oscuras y lejos del mundo. Incluso le ha permitido introducir en sus parlamentos veladas maldiciones de las que sin embargo el lector cautivo aún no acusa recibo.

La protección que el autor brinda a la mujer de azul será siempre insuficiente, no sólo por la avidez del lector cautivo sino porque el artista no estima tanto a la mujer como para traicionar su relato. Siente en realidad muy poco interés por las cuitas de la dama, como no sea un poco del natural cariño de un padre por su criatura más o menos distante, por un personaje que habría sido secundario si las exigencias estructurales de la novela no le hubiesen llevado a darle más importancia de la que él quisiera. No es que la ignore a propósito; ocurre sólo que él, a su vez, está enamorado de la mujer fatal. En su opinión, este personaje tiene más vida, y quizá sea su desprecio hacia él lo que la hace más atractiva a sus ojos. La mujer fatal se desviste frente a él, le permite gozarla sólo de lejos y odiarla luego, cuando hasta los personajes secundarios reciben el placer de su cuerpo ardiente bajo las sábanas del relato. En constantes ataques de rabia y celos, el autor escribe la muerte brutal de todos aquellos que han osado tocar el cuerpo de su amada, pero ese abuso de autoridad sólo sirve para incrementar el desprecio que la mujer fatal muestra por él.

Así las cosas, sólo resta volver al lector cautivo, encontrarlo cuando finalmente abandona su empeño, cuando enciende la lámpara de cama y decide concluir su lectura. Lee ahí que la mujer de azul, cegada por los celos, busca a la mujer fatal y la acuchilla en el interior de un taxi, pues cree que de esa manera el autor terminará por amarla a ella. Pero el artista no está dispuesto a olvidar a su villana y, llorándola, se pierde por los vericuetos de la novela, le busca un epílogo banal y la concluye.

La mujer de azul se resigna. Deja caer su vestido y abre la puerta de su habitación para dar paso al deseo del lector cautivo, que entra y la abraza. Ella se entrega y piensa que quien la posee es el autor, que sin embargo está muy lejos de este capítulo, esperando la detonación que estallará en su sien y en el aire, de modo que su sangre sirva al diseñador para teñir acaso la portada de la novela.

QUINCE

D E NADA SERVIRÍA NEGARLO. PENSAR, POR EJEMPLO, que el grito del que hablamos no creció nunca; imaginar que se quedó enano y murió lejos; engañarse creyendo que los habitantes de la ciudad de hierro están a salvo. Hay que resignarse y aceptar que el grito ya está aquí: se ha internado paulatinamente en las casas y muy despacio ha invadido las mentes de los hombres y las mujeres que duermen. Ha irrumpido como un ladrón por la puerta de servicio de la consciencia, por el umbral escasamente vigilado del sueño.

La ciudad de hierro y de noche –no la de los hombres, sino la de las cosas– permanece ajena al ruido, como abrumada por una maldición contraria a la de sus habitantes. Los objetos se revuelven más bien en un incómodo silencio; sus avenidas y sus bares cerrados, sus bibliotecas y sus estatuas mudas, reciben de pie el garrotazo del sigilo. Así, mientras el grito del que hablamos se adentra en los tímpanos soñados, la ciudad de hierro se agota en un mortal letargo, contraste perfecto del escándalo que rige en las mentes de quienes ahora mismo se sacuden y añoran la vigilia.

La ciudad callada contempla desde fuera a sus habitantes.

Por las ventanas que han quedado abiertas los miramos removerse bajo las sábanas, fruncir el ceño, cubrirse la cabeza con la almohada pretendiendo en vano apaciguar el ruido que sigue embarneciendo en sus mentes como el eco de millones de gargantas que aúllan de dolor. Las máquinas, el viento, los torrentes y las sirenas enmudecen entretanto. Se diría que, callando, la ciudad quisiera aminorar el estruendo que interiormente aniquila a los suyos.

Pero el silencio de la ciudad de hierro no es todavía absoluto, como tampoco lo es el estruendo soñado. Un mirlo inquieto, abandonado por el resto de su parvada en las telarañas de un campanario, sigue trinando. Sus ojos minúsculos se abren pasmados. Nerviosa, el ave sacude las alas y abandona la campana, sobrevuela la catedral, inicia un canto postrero. Resiste aún por unos instantes, cantando una escala temerosa, una sinfonía de auxilio apresurada en el intento de disfrazar la estática del mundo. Los que duermen alcanzan apenas a oír el canto frágil, se aferran a él para que los conduzca lejos de la desesperación. Pero también el ave se cansa de llevar a cuestas el silencio real y el grito soñado de la multitud: su canción se vuelve réquiem. El ave deja de aletear cuando ya no le es posible seguir adelante con su humilde rito de salvación: le falta el viento que ha dejado de soplar, le faltan las olas que podrían guiarla hasta la playa.

Agonizante en la acera, el mirlo entona su última nota. Los habitantes dormidos la pelean y la destazan, la buscan para retardar un poco el alarido que les taladra los sesos. Sin embargo, esa nota descuartizada no alcanza para todos: el silencio la vence mientras que el mirlo aletea su muerte abrumado por la ausencia.

El silencio ahora es total. El grito invasor ondea a sus anchas y termina de indigestar a sus víctimas, que despiertan y abren ojos que ya no parecen humanos. Gritan en su desesperación, gritan sobre la ciudad de hierro. Y el clamor de todos es ya un solo grito que se internará en los sueños de otra ciudad también soñada donde duermen otros hombres, ignorantes de lo que les espera, incapaces de notar que el viento, las olas y las máquinas han comenzado a enmudecer. Dentro de muy poco, también ellos buscarán el trino de un mirlo desolado que, extinguiéndose en la acera, unirá en su débil sinfonía todos los sonidos y todos los silencios de la creación.

DIECISÉIS

ESTE REY QUE YACE EN SU SILLÓN FAVORITO Y SE aburre viendo la tele, tiene un solo bufón, un solo guardia y un solo siervo. Resignado a no ser ya el gran sitiador ni el sanguinario guerrero ni el amante incontenible, contempla cómo sus órdenes retumban en los muros y en las líneas telefónicas para ser a medias obedecidas por el bufón, a medias forzadas por el guardia y a medias cuestionadas por el siervo. Que me ensillen el caballo, ordena; y el guardia lo ensilla y se va. Que me paguen más impuestos, exige; y el siervo paga y calla mientras que su anciano rey regresa al ocio de su castillo.

El rey coge el control remoto, presiona los botones buscando el único canal activo en su televisor. Ve entonces al bufón disfrazado de bruja que es vencida por el mismo bufón disfrazado de caballero en armadura fulgente. Ve luego al bufón que es la princesa besada por el mismo bufón vuelto villano que es derrotado otra vez por el mismo bufón que ha vuelto reconvertido en caballero. Las sesiones usualmente incluyen aplausos o risas grabadas. Por supuesto, no hay publicidad.

Cada tarde la programación de la jornada concluye con la imagen repetida del rey postrado en su sillón favorito mientras se aburre viendo televisión en un reino con un solo guardia, un solo bufón y un solo siervo. A veces, una cámara de circuito cerrado le muestra los muros llanos, la cocina, el portón con su guardia inmóvil, el reino entero acompasado por la voz del bufón que repite hasta el cansancio un solemne Todo está en orden, Su Majestad, todo está en paz, todo aburrido de muerte, Su Majestad.

Los domingos, cuando la cámara, distraída en su Todo está en orden, graba las mazmorras vacías, el rey da un puñetazo en el monitor y grita que no quiero orden, no quiero paz en este reino de mierda. Así que un día cualquiera llama a su único guardia y le ordena que me inventes un enemigo, el que sea, pues no me agradan las mazmorras vacías porque un rey sin enemigos no es un rey sino un aburrido programa de televisión.

El guardia dice Sí, señor, y abandona la sala. Va pensando en cómo diablos hará para cumplir la orden de su señor. Baja al taller donde el bufón prepara el siguiente programa televisivo y le ruega que se declare enemigo del rey. Pero el bufón se encoge de hombros, responde que así estoy bien, camarada, y vuelve a la consola para grabar su Todo está en orden, Su Majestad.

El guardia entonces sale al campo y busca al siervo en su hortaliza. Sudoroso, el siervo le dice que no desea ser enemigo de nadie. Finalmente repite las palabras del bufón: así estoy bien. De esta suerte, al guardia no le queda otra opción que convertirse él mismo en enemigo de su rey. Una orden, después de todo, es una orden.

Como el bufón que al mismo tiempo hace las veces de encantador y de dragón, el guardia publica pasquines subversivos, pone bombas que él mismo desactiva y finalmente se denuncia, se aprehende, y se encadena en la mazmorra. Los calabozos del reino alojan al fin a un enemigo sometido.

A partir de este momento el rey ordenará al bufón grabar programas protagonizados por el prisionero: muéstrame cómo se muere de hambre poco a poco; entrevístalo, abofetéalo, hazle maldecir su suerte y a su rey. Y el bufón, disfrazado de verdugo, obedece: tortura y finalmente graba que sus enemigos, Majestad, han sido sometidos.

Cierta mañana de otoño, el único siervo de este reino nota que por las montañas se aproxima una comitiva. Corre al castillo y avisa que por levante viene un rey que al parecer tiene dos bufones, dos guardias y dos siervos. Alarmado por esa invasión, el rey manda liberar al prisionero que una vez fue su guardia. Pero en ese momento el bufón lamenta informarle, Majestad, que no puede cumplir su orden debido a que al prisionero murió de lepra en las mazmorras la semana pasada.

El rey con dos guardias, dos bufones y dos súbditos invade aquella tierra y apresa a su indefenso señor. Coloca al bufón en el trono y el siervo se convierte en bufón. El rey de antaño es degradado a súbdito y aprende a arar la tierra.

Pero esta vez el reino ha quedado sin protección. Rey, bufón y siervo dependerán ahora y para siempre del reino invasor, de modo que prácticamente serán sus vasallos el día en que los dos guardias de aquel reino aparezcan por levante para pedirles que, por favor, sean enemigos de su rey. A cuya súplica ellos se negarán diciendo que así estamos muy bien, camaradas. Así, los dos guardias sucumbirán en las mazmorras aguardando a que en ese juego, dentro de unos cuantos siglos, se alce el primer gran imperio del mundo.

Diecisiete

En un mar que en otros tiempos pareció rojo, nació y creció una tortuga. Pero ahora que ese mar casi no existe, ahora que se ha escindido en dos enormes porciones de agua separadas por una franja de tierra, el bicho se está muriendo. Panza arriba en lo que fue el fondo marino, con el sol africano quemándole el vientre y el sol asiático cocinándola dentro del caparazón, la tortuga sacude las patas, inepta para recuperar su posición original. Corales deshidratados, almejas y peces que también aletean su asfixia la acompañan en esa tierra de nadie que de océano se va haciendo desierto.

La tortuga ignora que esa franja kilométrica ha surgido en el mar sólo para dar paso a una multitud fugitiva que no se compadecerá de ella. Enfrascados como están en apresurar a sus familias, sus bueyes, los ornamentos y las dignidades que han rescatado de sus casas, ni siquiera consideran devolver la tortuga al agua o apalearla para abreviar su sufrimiento. Tampoco los niños se apiadan de ella. Quizás en otras circunstancias la habrían apedreado para hacerse del precioso caparazón, pero hoy prefieren dejarla sola con su muerte y su terror.

Ya han pasado de largo los miembros más lentos de la

comitiva: una litera cargada de ancianos y de enfermos, una mujer encinta montada en un asno, una suerte de chamán que clama el milagro de la mar partida. Se alejan las horas y la gente mientras la tortuga permanece en la misma posición moviendo las patas cada vez con menos ímpetu. No sabe cuánto tiempo ha pasado desde que una turbulencia inescapable la sacudió de pronto y la hizo girar para depositarla sin más sobre su espalda en la fase menos cómoda de su tirabuzón. Su confusión de entonces persiste; si al menos la tortuga comprendiese qué le ha ocurrido al mar, sabría si éste tardará un minuto o miles de años en recuperar su forma original. Para ella lo único seguro es que no podrá esperar mucho más tiempo a que el agua vuelva a cubrirla; lo único definitivo para su cuerpo y su esperanza es el inclemente reloj de su resistencia al sol que comienza a calcinarle la carne.

La tortuga sabe que podría esforzarse un poco, sobrevivir dos o tres minutos más. ¿Pero de qué serviría? El mar podría tardar una eternidad en enmendarse; podrían transcurrir años antes de que otra persona pasara por ahí para recolocarla sobre sus cuatro patas. Toda probabilidad es mínima cuando la de la muerte es tan alta y la renuncia a ella es tan fácil. La tortuga sabe que no podrá sobrevivir ni la milésima parte de un siglo y que lo insólito carece de caminos de regreso. Presa de las certezas de su cuerpo, la tortuga asume que el milagro que allí acaba de suceder no estaba destinado a ella.

Un perro errabundo se le aproxima y la olfatea. La tortuga grita ayuda en un idioma que el otro no comprenderá y se recluye en el horno de su caparazón esperando que la furia o la curiosidad del visitante la volteen. El perro entonces escucha el silbido lejano de su amo y se aparta de aquel cuerpo extraño que ya huele a podrido.

Perdida su última esperanza, la tortuga se resigna. Sólo los gusanos podrán sacarla de allí en pedazos de carne corrupta y triste. Ahora busca apenas apresurar su muerte, cocinarse pronto contra la duda del mar, morir exactamente un minuto y veinte segundos antes de que pase el primer soldado egipcio y de que el mar se reconcilie y revuelque las corazas del enemigo junto con una caparazón henchida de carne inerte.

Dieciocho

LOS ESPECTADORES APLAUDEN A RABIAR Y ABANDONAN la sala entusiasmados. Los hay quienes se niegan a marcharse pidiendo a gritos que se repita la proyección. Abuchean al acomodador cuando les ruega que se retiren porque está por comenzar el toque de queda. Los revoltosos por fin salen con la promesa de volver mañana. Camino a casa repiten con fervor cada una de las escenas que acaban de ver. En los autobuses y los automóviles siguen comentando el mayor prodigio cinematográfico del siglo. Ya en casa manotean nuevos aplausos hasta conciliar el sueño.

Tienen aún la sonrisa en los labios cuando suena la alarma antiaérea y deben correr hasta el refugio más cercano con pasaporte y cartillas de racionamiento. En el subterráneo aprovechan para volver a hablar de la película que vieron hace unas horas. Ni los aviones ni el silbido de las bombas ni el fuego arrasando la ciudad bastan para acallarlos. De la mano de sus actores preferidos recorren mentalmente jardines repletos de gentilhombres que hablan de poesía y juegan al croquet, de damas que abanican sus mejillas de tuberculosas falsas y desmayan si las alcanza un furtivo beso o si un explorador recién llegado les narra sus aventuras africanas y las invita a fugarse en buques que tardarán meses en tocar tierras de esplendor y aguacero.

Las bombas caen toda la noche. Los habitantes de la ciudad herida sudan en sus refugios pensando que al día siguiente volverán a ver la película. El alba los sorprende ya frente a la sala, riñendo por las entradas con una pasión tan grande como su indiferencia ante la ruina que anoche les dejaron los aviones enemigos. Médicos, soldados, heridos e inspectores del orden público abandonan el caos y se invitan también a la fantasía del celuloide. Si por ventura un nuevo ataque llega a derribar la marquesina del cine o la pantalla, la multitud se abre paso entre las piedras y recoge la cinta que proyectará acto seguido sobre cualquier muro a medias carbonizado.

El final de la guerra los encontrará sonriendo frente al muro. Las fotografías, los rumores de un campo de prisioneros, los estragos del hambre pasan por encima de ellos sin tocarlos. Las páginas del periódico cambian rápidas y se detienen siempre en la sección de espectáculos, en las críticas favorables y desmedidas sobre la película amada. En la nueva marquesina se anuncia otra edición como si se tratara de un estreno.

Son las damas quienes inician la transformación. Mandan confeccionar vestidos largos, sombreros de plumas y listones que desplazan los overoles y los insípidos trajes sastre. Después los hombres empiezan a usar guantes y sombreros de copa, aprenden francés, las reglas y las trampas del hipódromo.

Ya es otra la ciudad que comienza a levantarse sobre las ruinas. Encima de las varillas y el cascajo de los rascacielos se construyen caserones neoclásicos. Los supermercados ceden el paso a quincallerías, capillas, florerías y relojes de torre. Los utensilios de cocina y los cepillos de dientes vuelven a ser metálicos y hasta de madera. Los refrescos de cola regresan a las boticas para ser vendidos como jarabe para la tos. Ahora nadie escribe: las publicaciones recientes quedan abandonadas en bibliotecas o de plano son incineradas. Le gente devora novelas por entregas publicadas hace un siglo, la música se oye mal pero mejor en un fonógrafo, y la ópera recupera sus días de gloria en renovados teatros marmóreos.

Llega el día inaplazable en que queda prohibido el futuro. La policía persigue a caballo, arresta y desaparece a los escasos subversivos que se atreven todavía a hablar de las bombas. El mundo al fin ha levantado su aguja diamantina para tocar de nuevo el feliz vals de la humanidad, ejercicio inútil de la desmemoria que no evitará el día en que tengan que escuchar de nuevo el motor de los aviones que cada cien años sobrevuelan la ciudad.

DIECINUEVE

EL CASO ES MÁS GRAVE DE LO QUE PARECE. ES CIERTO que apenas se han publicado unas líneas al respecto en la sección de sociales, pero el tiempo demostrará que, bien mirado, el asunto podría alcanzar dimensiones más bien trágicas.

Sucede que el dragón ha extraviado sus documentos mientras peleaba con un príncipe de identidad hasta hoy desconocida. La bestia declara que dicha pérdida no puede ser accidental. Se trata, asegura, de un acto premeditado, quizás incluso de una auténtica conspiración.

En el mundo que habita el dragón, cualquiera lo sabe, hay numerosos personajes que con gusto lo desalojarían de escena: ciudadanos hartos de sus desayunos de caballero errante y de tierna virginidad de princesas histéricas; seres cansados de su monopolio del terror y de su desorden cavernario y de esos torpes aleteos con que logra que los ángeles tropiecen en pleno vuelo. Tal vez sea esta abundancia de posibles culpables la que ha impedido al dragón identificar al causante de su desgracia. Y visto que él es el único miembro de su sindicato, sabe que si llegase a hallar a un sospechoso, difícilmente tendrá el apoyo requerido para presentar una viable acusación en los tribunales.

Perder los documentos resulta en ese reino una catástrofe equiparable a la muerte, pues un personaje que no puede identificarse como es debido pierde al instante la posibilidad de llevar una vida normal. En tales casos las autoridades no permiten a los desdichados personajes participar más en las escenas de su repertorio ni alterar el curso de las historias en las que antes participaban. De hecho, alguna cláusula perdida en los reglamentos sugiere que semejante descuido sea castigado con la eliminación definitiva del personaje en cuestión.

Consciente de la gravedad de su problema y resignado a nunca dar con los culpables, el dragón ha intentado lo imposible y lo insufrible para recuperar sus documentos. Ha enfrentado a una burocracia particularmente agresiva; ha pagado sobornos en los archivos que debieran conservar su acta de nacimiento; ha cumplido con larguísimas esperas hasta concluir que su historia, demasiado antigua, carece de registro. Todos en el reino lo conocen, pero la ley es muy clara en este sentido y los enemigos del dragón son demasiados.

Al dragón sólo le resta pedir clemencia. En casos como éste, si el condenado encuentra el favor de las autoridades y se le exime de la pena capital, debe optar por exiliarse en un bosque donde ninguna historia puede verificarse. Así que el dragón marcha al exilio; construye una cabaña en medio de un claro y allí se encierra por las noches a beber vodka de pésima calidad. Ebrio, sale a recorrer el bosque y departe con otros exiliados. Las conversaciones son breves porque las voces de quienes llevan mucho tiempo allí se borran con facilidad; ni siquiera duran lo bastante como para que el dragón sepa quiénes fueron esos seres antes de extraviar sus documentos. En ese lugar nadie se arruga ni encanece; en ese infierno los seres simplemente van perdiendo color y forma hasta quedar reducidos a nubecillas grises que cualquier día se desvanecen en el aire. El dragón entiende que ése es su destino y se resigna a esperarlo.

Si el dragón supiera al menos lo que está ocurriendo en el mundo que dejó atrás, probablemente no se sentaría en el suelo de su cabaña a aguardar la oscuridad final. Las historias, desde su fatal exilio, han comenzado a colapsar: los caballeros, antes apuestos y atléticos, se han convertido en señores obesos que padecen sus tardes de gota y sus partidas de golf y sus habanos; las princesas de antaño pasan horas leyendo novelitas rosas y hojeando revistas de moda para dar con el maquillaje que les retarde la holgura de la piel; los magos ahora venden remedios contra la sífilis en las esquinas de las grandes ciudades.

Así las cosas, cabe esperar que las autoridades del reino saldrán pronto en busca del dragón. Pero llegarán tarde: al abrir la puerta de la cabaña, verán tan sólo una nube gris que sale por la chimenea en busca del olvido.

Veinte

A PRIMERA VISTA LAS LÍNEAS EN LA PALMA DE LA mano de este joven nada tienen de inusual. Quien las mire no verá en ellas más que el ordinario planisferio de pliegues que, variantes más o menos, tachonan las manos de cualquier persona. No hay en ellas lunares ni cicatrices ni depresiones especialmente profundas que pudieran llevarnos a pensar que estas manos y el hombre que las posee son singulares, no digamos a creer que el destino que en ellas iría cifrado es fatal o, por lo menos, fuera de lo común.

No opinan lo mismo los expertos quirománticos a los que el joven ha consultado últimamente. Éstos, sin distinción de calidad ni de grado, rechazan de manera unánime leer el destino inscrito en esas manos. De sólo verlas palidecen y desvían la mirada; escrutan por instantes los ojos del muchacho, tartamudean y al fin anuncian que por ningún motivo desean seguir adelante con la sesión de lectura. Luego ruegan al infortunado cliente que por favor abandone el consultorio cuanto antes. Algunos incluso le han devuelto su dinero o le han ofrecido pagarle a condición de que jamás vuelva a aparecerse por ahí. Cuando el muchacho les ha pedido una explicación por el rechazo, los adivinos simplemente se han negado a responder como si sólo dirigirle una palabra de más a ese desgraciado fuese a acarrearles la perdición eterna.

El joven visita sucesivamente a uno, diez, cien consultorios quirománticos. Los abandona siempre abatido; se mira las palmas de las manos en pleno desamparo; escudriña las manos de otros sin descubrir esa señal de diferencia, ese estigma significativo y singular que pudiera indicarle al menos cuál es la horrible marca destinal que así aterra a los expertos. Lo que más le sorprende de su situación es la uniformidad del rechazo: si es verdad que un importante número de quirománticos son farsantes, ¿cómo es posible que ninguno de ellos siga o quiera seguir adelante con su lectura? ¿Por qué incluso los más evidentes charlatanes se niegan a leerle la mano?

Con estas preguntas en mente el joven decide entrenarse él mismo en la quiromancia. Como era de esperarse, su cotidiana convivencia con centenas de adivinos y su estudio riguroso de sus artes lo llevan a convertirse él mismo en uno de ellos. Sus ojos consultan miles de manos esperando que en algún momento le llegue la iluminación para verse las propias y conocer el secreto que no han querido revelarle sus colegas; pero su esfuerzo es baldío: no halla en sus manos una sola línea que justifique el espanto y la reticencia de sus colegas.

Entretanto su vida transcurre en la absoluta ordinariez. La espera de un acontecimiento infausto no acaba de sacar al joven de la mediocridad. Con frecuencia pregunta a otras personas afectas a la adivinación si alguna vez les ha ocurrido algo semejante, pero ninguna hasta entonces ha conocido un caso así.

Pasan los años y el quiromántico envejece. Ve morir uno tras otro, en circunstancias no siempre apacibles, a aquellos que antaño le condenaron. Ve nacer y crecer a otros que siguen condenándole en sesiones de lectura cada vez más desesperanzadoras. Sin embargo, la fatalidad no llega: su destino se desarrolla en la más notable inanidad; las líneas de sus manos siguen siendo las mismas y todo parece indicar que morirá con ellas, a menos que un día de tantos le visite en su consultorio otro hombre que tenga exactamente su mismo mapa manual. Si esto llegase a ocurrir, piensa ahora el hombre mientras espera la muerte, está seguro de que se negará en redondo a leerle el destino a esa persona, quizá porque leerlo sería ganarse la condenación eterna.

Veintiuno

ESTA MASA DE HOMBRES Y MUJERES DE ASPECTO insustancial está condenada a viajar sin descanso. Prácticamente no hay un día del año en que ellos, sin distinción de raza o de credo, se detengan de una forma u otra. Se especula que todos ellos, en una etapa temprana de sus vidas, arrojaron tantas monedas a los monumentos del eterno retorno, que ahora están marcados por el prurito de volver siempre a todas partes y a no estar nunca en ninguna.

Acaso el primero de ellos arrojó un día su moneda y se alejó de aquel manantial o de aquella fuente mística sólo para descubrir cuánto le apremiaba el ansia de regresar. Acaso sintió de pronto que la vida no sería vida si no volvía un día al sitio donde su minúscula pieza de cobre había tocado el fondo de una fuente cuyos detalles no recordaba con claridad, pero que igual tiraba de él. Preparó entonces su vuelta, reinició el viaje y siguió arrojando monedas en todas las fuentes y borbotones que se atravesaron en su camino. De esta manera, cuando llegó a la fuente inicial descubrió que ahora tendría que volver a tantos lugares como escalas había tenido su viaje. Así, cada escala se había convertido en un destino con su correspondiente trayecto tachonado de otras escalas con fuentes que al final se transformarían en destinos.

Al cabo de algunos años y de varios viajes, quiso la improbable buena suerte de ese hombre que las empresas turísticas y las agencias comenzaran a conceder a sus clientes millas para realizar gratuitamente futuros recorridos y otros premios semejantes por diversos viajes realizados o para otros viajes por realizarse. Con un tal incentivo, el hombre no sólo siguió arrojando monedas en fuentes para obligarse a volver a innumerables ciudades; también fundó la profesión de viajero imparable, y se contagió de la imperiosa necesidad de aprovechar los incentivos y de utilizar sus millas y sus viajes a nuevos lugares haciendo a su vez viajes por los que también obtenía un número infinito de millas, noches de hotel, masajes en aviones y desayunos de lujo que él seguiría usando para tocar gratuitamente hasta los últimos rincones de la Tierra.

La mera probabilidad ha llevado a este peregrino incansable a conocer a otros viajeros que comparten su profesión, su decisión, su vicio, su condena, en fin, su eterna peregrinación hacia ninguna parte. Con ellos se ha enseñado a compartir la soledad y el desarraigo, el ritual confabulado de no poder dejar de seguir arrojando monedas a las fuentes del regreso y de tener por tanto que volver a ellas. Como un grupo de borrachos que se cortejan mutuamente, han confabulado una nueva forma de vida con sus tradiciones, sus adeptos y sus reglas infranqueables. En trenes, barcos y aviones se les puede ver congregados, estudiando rutas intrincadas o imposibles, programas turísticos, complejas cartas de navegación. Juntos planean sus futuros trayectos; buscan y comparten promociones, ofertas y patrocinios; identifican las fuentes a las que no han ido todavía o a las que saben que tienen que volver. Sus pasaportes embarnecen, se llenan de sellos multicolores, cambian constantemente. Las oficinas de visados y los consulados generales los conocen de sobra y les dan algunas facilidades. Los tratan como amigos de la casa, aunque no dejan de mirarlos con cierta lástima.

A veces también descienden de los autobuses en grupos nutridos, buscan las fuentes y los monumentos insignes de la ciudad. Y lo registran todo: toman fotografías, dibujan croquis, levantan planos, adquieren tarjetas postales, se las envían unos a otros a variables cajas postales en diversos puertos de embarque. Todo esto lo hacen de manera apresurada porque siempre parece que van tarde para tomar el siguiente vuelo, el próximo barco, el último tren. Cuando el trayecto es largo y el tiempo así se los permite, organizan sus abigarrados álbumes fotográficos, tan voluminosos que pronto dejarán de ser portátiles, tan obesos que ya no caben en sus maletas plagadas de artículos de baño que van robando de hoteles aeroportuarios para luego lavarse en los baños de algún tren.

En los aviones a veces ocupan íntegra la cabina de primera clase, donde es posible ver cómo intercambian fotografías, recuerdos y postales. Sin embargo, sus ojos no parecen ávidos; con frecuencia es posible ver en ellos la desolación de quien no sabe ya si alguna vez ha estado en algún sitio o si un genio maligno ha creado esas imágenes de escenas que no creen haber protagonizado, de fuentes por las que no creen haber pasado, de monumentos que ya no recuerdan haber visto en el vértigo de su peregrinación.

VEINTIDÓS

ESTA MISMA NOCHE COMENZARÁ A PUDRIRSE EL cadáver del gigante. Una hueste de cretácicos gusanos se abrirá paso hasta el inmenso montón de carne que ahora está en mitad de la plaza mientras la gente de la comarca, ignorante de lo que le espera, festeja su liberación.

Ni el alcalde ni el cura ni el pequeño héroe inesperado notarán al principio este súbito proceso de descomposición gigantesca. Excitados por la muerte de su enemigo, celebran ebrios el suceso con un ciego sentido del presente: el futuro no existe esta noche. El terrible tiempo que hoy termina impregna casas y tabernas con la feliz melancolía del horror que no volverá a ocurrir: las noches lúgubres en las que sentían bajar al gigante de su castillo aéreo, cuando su sola respiración desataba huracanes y había que dejar a su merced el ganado, ocultar a los niños, escapar a las montañas sabedores de que el gigante podría hallarlos por su olor o por el llanto de un niño acallado demasiado tarde. No queda en este pueblo una familia que no haya padecido la voracidad del gigante; no hay hogar que no haya alimentado con carne de los suyos el apetito de la barriga descomunal que justo ahora está siendo pasto de los gusanos.

Esta noche el dolor es sólo nostalgia, suspiros de alivio que a nadie permiten percibir en el aire el olor desapacible de la muerte. Sólo el héroe se asoma incómodo a las ventanas del ayuntamiento y nota que el cuerpo de su víctima pantagruélica comienza a estremecerse. En torno suyo babean los notables y se aprietan doncellas que quisieran entregarse a sus brazos porque una ocasión como ésta no se repite en mil años. El alcalde de repente lo coge del brazo para presentarlo con los cortesanos que han venido a darle una medalla y entregarle un talego repleto de monedas que servirían para enmendarle la vida.

El héroe sonríe con dificultad y vuelve a mirar el cadáver del gigante. Percibe la peste, casi puede escuchar el ruido de un millar de fauces dentelladas microscópicas en el banquete de un hígado inmensurable, o de un corazón como tres vacas que, por obra y gracia de los gusanos carroñeros, se diría que ha vuelto a palpitar.

Caerá, pues, la mañana sobre un poblacho navegado en la resaca de su fiesta. Mientras se calza sus botas prodigiosas, el héroe calcula que los habitantes de la comarca tardarán pocas horas en descubrir que un gigante muerto es todavía más peligroso que un gigante vivo. Pronto el alcalde será conminado a resolver el engorroso asunto y no pensará en nada mejor que empacar de pólvora el cadáver y volarlo por los aires.

Una infinidad de trozos de carne agusanada lloverá entonces sobre el pueblo, repartiendo en los hogares su cuota de enfermedad y muerte lenta, tan lejos que ni siquiera las botas del pequeño héroe habrán sido lo bastante veloces como para impedir que el pulgar grande y corrupto del gigante le rompa la crisma.

N O HACE MUCHOS AÑOS QUE UN PODEROSO GENIO tuvo la desgracia de que su lámpara cayese en manos de un hombre cuyo tercer deseo fue que ningún genio volviera a ser capaz de cumplir deseo alguno. Obligado por la tradición y la ética características del gremio, el genio tuvo que complacer a su amo. Desde entonces los genios transitan entre la impotencia y la tragedia. En lo que a este primer genio respecta, se le puede considerar entre los menos infortunados, pues acabó sus días vendiendo alfombras persas en una boutique parisina.

Obligados a pagar las consecuencias de aquel deseo malintencionado, los restantes genios tuvieron que ejercitarse en el arte de la mentira. Cuando sus lámparas ya no tan maravillosas eran descubiertas, prometían desde sus prisiones cumplir con los tres deseos de rigor a cambio de ser liberados. Una vez fuera, sin embargo, emprendían la huida ante los reclamos consternados de sus amos. Quienes, impedidos por su abombado atuendo o por la inacción de siglos, no conseguían escapar, debían someterse a la furia de sus libertadores. Más de uno sucumbió a las torturas de quienes exigían sin excusas el cumplimiento cabal de sus deseos. Entre gemidos de dolor y vergüenza, las víctimas trataban de explicar su situación, pero muchos de sus amos sólo quedaban satisfechos al expirar el genio estafador.

Pronto corrió la voz del carácter fraudulento de los genios, quienes se limitaban a dar las gracias a quien los liberaba. Acaso alguno hacía un par de piruetas, contaba un chiste de árabes y se perdía en el anonimato. Como sea, poco a poco quedó claro que la mayoría de los genios quedarían encerrados para siempre, presos en lámparas que permanecerían en playas o basureros, arrastradas por la marea hacia el fondo del mar o vendidas como chatarra o antigüedades, según fuese su aspecto.

Hoy en día los genios fuman más opio del acostumbrado, suspiran reclinados en sus almohadones y memorizan *Las mil y una noches*. Las lámparas que corrieron mejor suerte decoran las vitrinas de suntuosas residencias, mientras que sus ocupantes soportan estoicos las miradas tiernas o curiosas de las damas de alta sociedad. Un número nada despreciable de lámparas, con sus correspondientes genios, se encuentra hoy en los museos o en colecciones particulares, recordando y recordándole a los visitantes que hubo mejores tiempos.

Veinticuatro

E STA TARDE EL JOVEN AMANTE HA DECIDIDO ABAN-
donar a su amada porque piensa que sólo el dolor
de la separación lo llevará a crear la obra de arte
que lleva queriendo realizar desde que tiene uso de razón.
La ausencia de lo amado, se dice, exacerba los sentidos,
purifica el alma y la coloca en ese punto extremo de la lu-
cidez que todo ser humano precisa para la auténtica creación artística. Cuanto más afecto lo una a la amada, tanto
mayor será la pena de la separación y, por ende, más cercana a lo sublime será la obra que derive de su dolor.

Desde luego, la amada de este joven artista piensa que
éstas son meras patrañas de su amado. Cuando él va a verla para decirle que no volverá a mirarla ni a tocarla, ella
simplemente piensa que el joven busca excusas para no
confesarle que ha dejado de quererla. De nada sirven las
explicaciones que él intenta darle, las lágrimas, el jura-
mento reiterado de que no hay otra mujer en su vida. De
manera inevitable, el encuentro termina de la peor forma
posible, y el amante se aleja pensando que su amada es
una boba o una egoísta por no resignarse a compartir su
martirio, por no querer comprenderle y sacrificarse por
él ni por el arte. Tal es su decepción, que por momentos

se le ocurre que ha vivido en el error, pues una mujer así no lo merece. En mitad de esas consideraciones, descubre de pronto y con terror que está dejando de querer a su amada y que, por tanto, aquella separación, en principio tan dolorosa, carece de sentido: será inútil para sus fines artísticos separarse de alguien a quien no ama o a quien comienza a desamar. Teme que si no la ama no podrá dolerse de su ausencia, y que, sin ese dolor, el arte que produzca no será tal.

Con el propósito de ahuyentar ese pensamiento, el hombre intenta escribir, pintar y componer, pero descubre que ahora lo inspiran no el amor ni la nostalgia, sino la rabia, el despecho y el miedo. Su obra, débil y ordinaria, termina indefectiblemente en el fuego.

Traspuesto porque sus planes no van resultando conforme a lo esperado, el artista decide volver con su amada, enmendar la imagen que tiene de ella y la que ella tiene de él. Quiere descubrir que no ha sido el egoísmo de ella lo que le ha llevado a rechazar los motivos que él antes adujo para la separación. Tal vez, piensa, aquello sólo ha sido un malentendido, quizás él mismo no ha sido claro con los motivos que dio a su amada para abandonarla. Si logra recuperarla, si consigue volver a amarla, conseguirá abandonarla manteniendo intacto su amor por ella y el dolor de la separación.

Pero la suerte insiste en contrariarlo. Bien es verdad que su amada, contra lo esperado, lo recibe apacible y magnánima. Le dice que en el tiempo de esta breve separación ha concluido que, si él en verdad la amase, no habría tenido el valor ni la voluntad para alejarse de ella: sólo la muerte habría podido separarlos y aun después de la muerte se habrían seguido amando. Tal vez sea cierto que si él permanece con ella jamás conseguirá experimentar el dolor que necesita para ser artista; pero si la deja, entonces ese dolor nunca será legítimo.

Al amado este argumento le parece demasiado complejo, aunque también, a la postre, lógico. Le entristece descubrir que ningún amante de veras puede ser artista. Le preocupa, no obstante, que al renunciar a su vocación para quedarse con ella por amor, esa renuncia termine por envenenarles la vida. Sabe que tarde o temprano, en la primera trifulca, él le recriminaría a su amada el haberle llevado a sacrificar una vocación artística que él siempre creyó irrenunciable.

Así, convencido de su imposibilidad de ser amante y artista, el hombre abandona a su amada y vaga desconsolado por la ciudad. Mira un cuadro, lee un poema, escucha una lánguida sonata y descubre que ha dejado de creer tanto en el arte como en el amor. Puede ser que mañana mismo vuelva con su amada, dispuesto y listo para empezar a odiarla con toda su alma.

Veinticinco

POR FIN, EL ESCRITOR CÉLEBRE HA LOGRADO VACIAR su vida en el lavabo. Una densa amalgama de recuerdos reales o fabricados flota ahora a placer en el agua que él ha dejado salir de la llave en un ligerísimo chorro. Con el dedo índice el escritor hace pequeños remolinos y paladea las primicias de su próxima obra, la definitiva.

Narre su vida, le han pedido los editores. Cuéntenos todo, ha exigido la prensa. Y él, luego de dudarlo sólo un poco, ha prometido hacerlo. Cada mañana el escritor célebre se encierra en el baño, observa con detalle las partes de su vida y toma alguna que le parece interesante para alinearla más tarde entre los tipos de su máquina de escribir: un recuerdo de infancia como aperitivo, algún complejo psicológico por allá, por aquí un cierto flujo de consciencia preadolescente que había dado por perdido.

La empresa, claro está, no es tan fácil como parece. En ocasiones el agua se enturbia, los recuerdos se enredan y él entonces debe tomar unas pinzas de cejas para deshilvanarlos sin destruirlos. Cada fragmento ha de ser registrado con esmero en un proceso casi ritual: recogerlo, pasarlo por un vaso de tintura y por un tamiz que le permita rescatar hechos al parecer nimios pero cruciales. Más de una vez el escritor célebre ha tenido que recurrir a lentes de aumento o incluso al microscopio para conocer a fondo algún diminuto detalle de su existencia que en el fondo es el más significativo.

Aunque lenta, la labor del escritor célebre no tarda en rendir sus primeros frutos: el borrador de su infancia está casi terminado y lo satisface mucho. Ahora cada noche será maquinar el capítulo siguiente, sorprenderse, levantarse a deshoras para descifrar el remolino de sus nostalgias.

El escritor célebre trata de mantener la operación en el más absoluto secreto. Algunos periodistas han instalado tiendas de campaña en el jardín de la casa y le aguardan con sus cámaras y sus micrófonos. A veces consiguen entrevistar al ama de llaves cuando ésta sale en busca de provisiones. Pero el ama sabe muy poco y dice menos de las raras costumbres de su patrón, de lo mal que se alimenta y de las horas que pasa sospechosamente encerrado en el baño, el cual permanece vedado a su escoba pertinaz. Lejos del mundo, el escritor célebre se inclina sobre el charco con ojos de perturbado y rescata el siguiente capítulo sin importarle el riesgo de que algún nuevo descubrimiento lo lleve a modificar lo ya escrito. Después de todo, murmura para sí, así es la vida.

Un día el escritor célebre despierta con un profundo malestar en el estómago. Revisa los papeles y su máquina de escribir, y descubre que las líneas escritas la noche previa se han desprendido mientras dormía. Hay páginas enteras desperdigadas en el suelo. Ahogando un grito, el escritor célebre corre al baño cuya puerta olvidó cerrar la tarde anterior. Dentro, el ama de llaves canturrea, trapea el mosaico y dice buenos días, señor. Su saludo es de repente interrumpido por el eructo plácido de la coladera que traga un último sorbo de agua espesa y consternada.

II
Extravío de lo volátil

El remoto rey de los pájaros, el Simurg, deja caer en el centro de la China una pluma espléndida; los pájaros resuelven buscarlo, hartos de su antigua anarquía. Saben que el nombre de su rey quiere decir treinta pájaros; saben que su alcázar está en el Kaf, la montaña circular que rodea la tierra. Acometen la casi infinita aventura; superan siete valles, o mares: el nombre del penúltimo es Vértigo; el último se llama Aniquilación. Muchos peregrinos desertan; otros perecen. Treinta, purificados por los trabajos, pisan la montaña del Simurg. Lo contemplan al fin: perciben que ellos son el Simurg y que el Simurg es cada uno de ellos y todos.

FARID UD-DIN ATTAR,
El coloquio de los pájaros

Santa Elena en ayunas

Reyes I, 1-15

HUMEABAN TODAVÍA LAS CASAS DE COLONIA cuando un soldado inglés halló en unas minas de carbón las reliquias de los Santos Reyes. Días atrás, los aviones de la RAF habían herido con catorce bombas incendiarias la catedral que conservaba los sagrados huesos desde el siglo de Federico Barbarroja. Cuando al fin hollaron la ciudad, los aliados contemplaron su estropicio innecesario, maldijeron la chamusquina de las capillas y temieron que sus bombas hubiesen pulverizado el famoso relicario que guardaba los despojos de los tres monarcas bíblicos. Ignoraban que los fieles de Colonia, habituados a la maldición viajera de sus reliquias, las habían escondido antes del bombardeo en la mina de Westfalia donde fue a encontrarlas el soldado inglés. Días más tarde, aquellos restos soberanos serían devueltos a su nicho templario junto al Rin.

Pocos saben hoy en día que las reliquias así rescatadas no corresponden a los cuerpos de los Reyes Magos. Años después de la guerra, en una reunión de veteranos, el soldado inglés declaró que los esqueletos que ahora reposaban en Colonia pertenecían en realidad a tres húsares caídos en Crimea y desenterrados por las tropas aliadas en su urgencia por restañar las heridas de los alemanes. Dijo también el veterano que las reliquias por él halladas en la mina eran más bien fósiles de reptiles alados así de grandes, cada uno coronado con una tiara de carbunclos del tamaño de avellanas: así los había encontrado él en la mina y así los había entregado a sus superiores, que al parecer los reemplazaron por los fraudulentos huesos humanos que se encuentran todavía en la capilla sexta de la catedral renana.

Nada añadió esa tarde el soldado inglés a su estrambótica denuncia, ni era necesario que lo hiciera: de cualquier modo casi nadie le creyó. El veterano apenas recibió el asentimiento desganado de sus camaradas, los más de ellos sordos y advertidos igualmente de que al Escuadrón 315 lo habrían secuestrado los ovnis y que el cerebro del general Rommel palpitaba todavía en un laboratorio soviético.

Que se sepa, nadie se ha tomado aún la molestia de confirmar lo dicho por el menguado inglés, no digamos de rastrear el auténtico destino de las osamentas reptiles supuestamente halladas por él en la mina carbonífera. La curia alemana, por su parte, se resiste todavía a que se abra el relicario de Colonia para hacer las experiencias o desmentidos que mejor vengan al caso.

Dragones I, 30-38

MUCHO SE HA ESCRITO (Y MÁS QUEDA AÚN POR ESCRI-
birse) sobre los dragones que han poblado el mundo y
la imaginación de los hombres desde el principio de los
tiempos. En la versión siríaca de la *Carta del Preste Juan*,
los dragones son tricéfalos y tienen cualidades de diversos animales, bien como que encarnan el absoluto bestial.
Estos dragones o sierpes habrían merodeado los osarios
y los patios de Babilonia, donde dicen que vivió también
Daniel, profeta hebreo y visir de magos en la corte de Nabucodonosor.

Este Daniel fue además un conocido domador y mata-
rife de dragones; de ahí que se le asocie a veces con San
Jorge y otras veces con los Magos de Oriente, de los que el
propio Preste Juan (como sugiere Otón de Freising) habría
heredado el Imperio de las Tres Indias, vestigio probable
de Babilonia, no menos poblado de hechiceros, profetas
y dragones.

El dragón más famoso de esa Babilonia se apellidaba
Mushghu. Su cuerpo de elefante tenía escamas por arru-
gas; en su lomo torreaba una giba de camello, y sus patas
delanteras eran pezuñas de alazán lavado. Sólo sus tres
cabezas, anguladas y con bocas de muchos dientes, dela-
taban su condición reptil. La efigie de Mushghu en acti-
tud rampante adorna en abundancia la puerta de Ishtar y
otros edificios de lo que queda de la desdeñada Babilonia.

De ese dragón Mushghu se ha dicho que fue primero
visto en sueños por el propio Nabucodonosor, y que era
sólo una alegoría de los tres dominios del mundo entonces conocido: de África, el memorioso elefante; de Asia,

el almenado dromedario, y de Europa, el caballo. Por órdenes de Nabucodonosor, los magos babilonios habrían materializado con su alquimia aquel dragón antes soñado. Pero una vez encarnada, la bestia se dio a asolar a los propios babilonios, y no hubo capitán ni hechicero capaz de reducirlo. En mitad de aquel desastre, Nabucodonosor acudió a las artes de un esclavo israelita llamado Daniel, quien sometió al dragón atacándolo con bolas de grasa y de cabello. A partir de entonces el dragón domesticado protegió tanto a los hebreos cautivos como a sus amos babilonios, y el profeta hebreo Daniel entró en la gracia del contentadizo Nabucodonosor.

Otro viejo texto persa habla de un ejército de magos y guerreros babilonios que vencieron a los escitas guiados por el hebreo Daniel. Estos magos (proclama el texto) cabalgaban sobre una legión de reptiles que algo tenían de elefantes, camellos y caballos. No es del todo improbable que esas bestias sobrevivieran al profeta y a su rey, surcando cielos orientales hasta que Babilonia se deshizo multiplicándose en las Tres Indias dudosas del dudoso Preste Juan.

Reyes II, 16-32

MAL HARÍAN LOS OBISPOS DE COLONIA EN MOSTRARSE afrentados por el robo de una joya que también ellos robaron. El destino a veces, según el buen discurso de esta historia, nos cobra en vida presente las ofensas de nuestros ancestros: si los celosos alemanes vieron reemplazadas sus reliquias y anublada su ciudad con bombas, debió de ser porque sus bisabuelos saquearon antes Milán y robaron esas mismas reliquias a los milaneses.

Cualquier domingo podríamos convocar a los germanos y recordarles que el asalto a Milán ocurrió mucho antes de los aviones británicos, en tiempos de su cavernoso Federico Barbarroja. Convendría advertirles que los milaneses eran entonces guardianes de los huesos de los Santos Reyes, y que éstos no estaban aún dentro de un relicario ni en la entraña de una catedral frondosa, sino en tres sarcófagos guardados a su vez en un cajón de mármol en la cripta de San Eustorgio, santuario mucho más modesto que sus futuras residencias en una catedral o en los sótanos profanos de la CIA.

Un día de tantos, los milaneses debieron de ofender al puntilloso Federico; o acaso sólo encendieron su ambición, que no era poca. Lo cierto es que el emperador germano saqueó Milán y midió con su espada a cuantos se opusieron a su imperial antojo. Los milaneses, verdad sea dicha, defendieron flojamente su ciudad: dos días solos tardaron los prusianos en reducir el ducado y sus campos excedentes. Aconsejado por el obispo de Colonia, que iba con él, Barbarroja exigió a los vencidos que le entregasen las reliquias de los Santos Reyes Magos. No sirvió a los milaneses argüir que el receptáculo de mármol contenía los restos de tres santos tediosos y locales: porfió el obispo codicioso, amenazó Federico, y cedieron los milaneses cuando el Emperador ordenó alzar la pesada losa del padrón que custodiaba los tres sarcófagos.

¿Cuál sería la sorpresa de los prusianos cuando vieron que el receptáculo estaba vacío? ¿Cómo no imaginar los suplicios que impuso y la rabia con que el obispo exigió razón de las sacrosantas osamentas? No sabemos cómo los prusianos dieron finalmente con las reliquias. Sabemos, en cambio, que ni el obispo ni los sarcófagos llegaron intactos a Colonia: el primero murió en los Alpes, intoxicado por una rara fiebre; los segundos se arruinaron en el paso de las huestes alemanas por los Cárpatos. El Emperador dispuso entonces que los santos restos pasaran a un modesto baúl de viaje, donde hicieron el resto del camino.

Fue así como los santos huesos acabaron en la catedral renana, guardados en un relicario que forjó Nicolás de Verdún a golpe de cincel e insomnios. Aquélla fue la última gran obra del legendario maese: todavía se le tiene por la más alta y lavada de cuantas forjaron los orfebres góticos. En ese relicario reposaron durante siglos las reliquias de los Santos Reyes (o, si hemos de creer al veterano inglés que las halló en Westfalia, ahí reposó una tríada de esqueletos serpentinos recamados en carbunclos grandes como avellanas).

Dragones II, 40-58

Junto al relicario de los reyes o dragones en Colonia estuvo también por un tiempo el manuscrito del *Actuatium Afligemense*, hoy perdido. Lo conocemos sin embargo porque en él se inspiró Hildesheim para escribir su incontestable *Historia Trium Regum*. Por ambos textos sabemos que Santo Tomás, apóstol polvoriento, expulsó demonios en Oriente y cristianizó a tres viejos sabios que por entonces reinaban sobre los vestigios de la antigua Babilonia.

Cuenta el cronista que Santo Tomás, en sus viajes para evangelizar a persas y medos, conoció a tres ancianos nobles que habían visitado tiempo atrás las tierras primordiales de Israel, cercana al mar. Los viejos claramente recordaban una estrella que los llevó hasta un recién nacido bajo el cetro de Herodes Agripa, y eso lo contaron al apóstol. Éste, por su parte, escuchó el relato con más asombro que paciencia, y llegado el momento contó a los viejos la parte que a él tocaba de esa misma historia: les contó lo que había sido de aquel niño, de una infancia milagrera en Nazaret y de una oscura penitencia en el desierto; les habló del rabioso Tiberíades domesticado y de la ofensiva cruz del Gólgota; y les habló, por último, de la noche en que él mismo, extenuado en Emaús, ya no tuvo que hundir la mano en las llagas de su maestro para reconocer que éste había resucitado. Los sabios lo escucharon conmovidos, reconocieron en Jesús al recordado niño, y admitieron la salvación que hacía mucho sembrara en ellos la estrella prodigiosa de Belén. Tomás entonces los ungió obispos de aquellas tierras aún plagadas de dragones y partió después hacia su martirio en las faldas del nevado Anangaipur.

Los tres sabios gobernaron sus naciones con plegarias y justicia hasta que también a ellos les llegó la hora. Como no tenían progenie, buscaron en sus lebrillos un heredero hasta encontrarlo en un cabrero humilde cuyo nombre original desconocemos. Sabemos sólo que lo bautizaron Juan en honor al Evangelista, de quien Tomás les había dicho que fue el discípulo más amado del Nazareno.

A este mismo Preste Juan (primero de su estirpe y de su nombre) legaron los Santos Reyes todas sus posesiones y casi todos sus secretos. En su *Historia*, Hildesheim enumera caseríos techados de oro, chozas como palacios, tierras alucinantes y un espejo que abarcaba el orbe entero; cita, además, un ejército glorioso en elefantes, dromedarios y caballos. Otro descolorido escrito del siglo xiii niega que el Preste Juan heredase ejércitos tales, sino tres dragones de los que siglos atrás, en esa misma Babilonia, había domesticado el profeta Daniel. Y Dios dijo en sueños al Preste Juan que en esos tres dragones habitaban ahora los espíritus encarnados de los providentes Reyes Magos, por lo que el Preste Juan los llamó Ghaspart, Maelchior y Belazar.

Aquellos dragones sobrevivieron a muchos prestes, todos ellos poderosos y todos ellos llamados Juan. Por fin, un día los tártaros humillaron las Tres Indias. Los espíritus de los Santos Reyes, por boca de los dragones cuyo cuerpos ahora ocupaban, advirtieron al último de los prestes que no resistiese al Gran Khan ni enviase contra él a su único hijo. Pero el Preste Juan no hizo caso de los advertimientos de sus dragones: se resistió a los tártaros, acabó enterrando a su hijo y perdió su imperio de esmeraldas y portentos.

Se esfumaron las Tres Indias. Abatido por sus faltas, el último de los prestes entregó sus dragones al Gran Khan, quien los hizo sacrificar. El Preste Juan, muy viejo ya, rescató los cuerpos, los coronó con tiaras de carbunclos y los hizo guardar en tres sarcófagos. Estos sarcófagos, tocados por un anillo que los ceñía como si fueran uno solo, se mantuvo a buen recaudo junto al templo de Daniel, hasta el día en que vino a llevárselos Santa Elena, madre de Constantino. Fue ella (acusa Hildesheim) quien llevó aquellas reliquias a Bizancio y metió los tres sarcófagos en el inmenso receptáculo de mármol que siglos después sería profanado por Barbarroja en Milán.

Reyes III, 33-41

FUENTES DE LA ÉPOCA ASEGURAN QUE CUANDO BARBARRO-ja vio el padrón que contenía a los reyes en San Eustorgio pensó que se trataba de un solo sepulcro reservado a un gigante. Nostálgicos y arrinconados, los sarcófagos reposaban en su enorme receptáculo de mármol proconesio, esquivos desde entonces a miradas europeas, inaccesibles al gusanaje de aquel suelo sangrado por tribus bárbaras y jinetes de melena espesa. El receptáculo medía dos metros de alto por cuatro de largo por cuatro de ancho, y tenía (dicen las fuentes) una ventanilla que delataba su carácter de relicario primitivo. Dentro de aquel enorme cubo, los tres sarcófagos monárquicos estaban unidos por un anillo festoneado en oro que prevenía a los imprudentes contra cualquier intento de separarlos.

Los abatidos milaneses tenían muchas historias sobre cómo esa mole sepulcral habría llegado hasta ellos: la versión menos insensata quería que la propia Santa Elena hubiese dispuesto que en Milán reposara la sacra pacotilla que ella misma habría ido a arrebatar a los antiguos terregales babilonios; otra versión cuenta que el receptáculo, los sarcófagos y los huesos fueron primero llevados a Constantinopla, donde los espectros de los reyes suspiraron durante siglos por los ríos esmeraldinos y los espejos clarividentes del Preste Juan. Quién sabe si en aquellos fantasmas, serpentinos o no, palpitaba desde entonces la sospecha de que todavía les esperaban muchos avatares, y que su lodoso abrigo bizantino no era sino una escala más en su odisea por todo lo extendido y dilatado del orbe.

Como quiera que haya sido, un día visitó Constantinopla un tal Eustorgio, famoso ya por su estentórea voz en los concilios contra los arrianos, y más de una vez citado por Agustín de Hipona. El hombre volvía ahora a solicitar la bendición del Emperador Manuel para que pudiese ser ungido obispo de Milán. Desconocemos las virtudes retóricas de Eustorgio, o qué chantaje habrá podido hacer al emperador, o qué tesoro habrá ofrecido a sus arcas. Lo cierto es que, además de la bendición imperial, Eustorgio recibió la ofrenda del receptáculo sagrado que Guillermo de Newbury describiría más tarde como *un lío de mármol, huesos y nervios con un cerco de oro uniéndolos entre sí.*

No alcanzaron, sin embargo, el buen discurso ni los dones de Eustorgio para que el Emperador le ayudara también a trasladar los sarcófagos hasta Milán. De algún modo el santo consiguió un carro de bueyes, en el cual hizo cargar la mole. Luego emprendió su viaje por los inagotables Balcanes, guiado siempre, dicen los cronistas, por la misma estrella que cuatro siglos atrás había arrastrado a los reyes hasta Belén de Judá.

Vadeó Eustorgio ríos zuavos y eslavos, se rearmó contra los herejes y compartió pan ácimo con los nestorianos; en su carreta de desusada carga debió sortear las encrucijadas de los Cárpatos, donde enfrentó la espada de un bogomilo y los venenos de las zíngaras y las caderas de una odalisca bosnia. Ya en los bosques transilvanos le salió al paso un lobo grandísimo y fibroso, acaso el mismo que esperó después a Dante en los umbrales del infierno. Arremetió el lobo a uno de los robustos bueyes del santo; defendió al otro Eustorgio con el trueno de su látigo y las imprecaciones de su fe (puede que también con blasfemias). Dice Guillermo de Newbury que en el combate emergió también, por la ventanilla del receptáculo de mármol, un bestión considerable, con tres cabezas coronadas de carbunclos, a cuya vista el lobo acabó por humillarse. Dominado el lobo, Eustorgio lo unció al carro en el lugar de su buey muerto.

Un copista anónimo ha dejado en los archivos de la *Uscula nomen eufrosina* una hermosa ilustración de cómo San Eustorgio llegó a Milán con su carro, su buey, su lobo apacible y sus sarcófagos musgosos. A la muerte del santo, el Duque de Milán quiso ver los huesos de los reyes, pero sus vasallos se resistieron arguyendo que Eustorgio había dispuesto que jamás se abriese el receptáculo. El Duque castigó a su gente y acabó tomándoselas con el párroco del templo, quien murió martirizado en defensa de la última voluntad de su patrono días antes de que el propio duque amaneciese ahogado en un mar de hiel. Desde entonces el escudo de armas de los duques de Milán y de Ferrara es un campo frisado en verde con la efigie coronada de un dragón tricéfalo.

Dragones III, 60-66

La escuela evolucionista de Cambridge defiende que el hombre proviene no de los primates sino de las aves, o mejor: de cierto pájaro reptil jurásico. Es posible, por otro lado, que esa misma sierpe alada haya dado origen a nuestra fe en los dragones. Si reunimos arbitrariamente ambas teorías, cabe deducir que nuestros supuestos abuelos pterodáctilos serían asimismo ancestros de los dragones que pueblan innúmeras mitologías, encarnizados siempre contra santos y caballeros. De esta suerte, el extinto pterodáctilo reverdece por derecho propio en el camino ascensional de la consciencia fieramente humana: merced a nuestra indómita capacidad de fabular, la ineptitud del dragón para ser saurio de veras se transforma en alegórico vuelo de la grandeza espiritual de ciertos hombres.

Sobre el pterodáctilo se especula que sus ciclos migratorios habrían sido vulnerables a ciertas irregularidades astrales, fuera el paso de un cometa o la precipitación de un meteorito. En la saga de *Percival*, Chrétien de Troyes cuenta cómo una parvada de dragones anticipa con su vuelo tumultuario la caída de una roca celeste sobre los castillos franceses. Este cuento inspirará después a Pholenz para sostener que, en tiempos de Augusto César, el paso de un cometa habría incitado una importante migración de alígeros reptiles desde Persia hasta Creta, surcando en su paso el firmamento palestino.

Hay quien dice que ésos fueron los últimos dragones asiáticos, los cuales habrían migrado hacia el Mediterráneo, alebrestados menos por el cometa betlemita que por el recuerdo de la catástrofe meteórica que antes arrasara a los demás grandes saurios. Otros piensan que en Asia quedaron todavía algunos dragones, y que allá vivieron y allá murieron cuando los tártaros invadieron las Tres Indias del Preste Juan. Allá mismo habría ido a buscarlos luego Santa Elena para guardarlos en Constantinopla hasta la Segunda Cruzada, cuando fueron acarreados a Milán por el tenaz Eustorgio.

Acaso sea verdad lo que escribieron los judiciarios alejandrinos: que así como a todo lunar del cuerpo se corresponde alguno de los trazos destinales de la mano, así también cada cometa redentor tiene su reflejo en un meteorito destructor, y cada mago, su descendencia en un dragón.

Sino sus alas

JÁMBLICO, DISCÍPULO DILECTO DE PORFIRIO, SITÚA A las palomas entre los espíritus angélicos y los démones planetarios. Su crianza en conventos y ermitas se instruye con detalle en *Las fundaciones de Tiberíades* y alcanza estatura bíblica con la epístola de Judas Tadeo: *Si alguno de vosotros quiere conocer la Gloria, críe palomas para granjearse el perdón de sus pecados.* Este versículo fue interpretado al pie de la letra, aunque de distintas maneras, en el ámbito monástico egipcio en tiempos de la permisión primera del cristianismo y la segunda quema de la biblioteca de Alejandría.

El anónimo *Relicario de exculpaciones* da cuenta de numerosos monjes y santones que consagraron sus vidas a la crianza de palomas, los más de ellos famosos por su celo y sus dotes milagreras. Las vidas de estos santos contrastan con las que describe Eufrosio en su *Silva de palomares.* Según este cronista, los hombres y las mujeres que criaban palomas representan lo más bajo y perverso de las primeras herejías del cristianismo. De aquellos colombarios dice Eufrosio que eran nidos de asesinos, ladrones y rameras cuya única misión era perturbar con sus pájaros la paz de la vida monástica, así como obstruir el camino de los santos padres hacia la impasibilidad perfecta. Cuenta que en las colinas de Abisinia aquellos malvados cultivaban legiones demoníacas de palomas que después enviaban con mensajes lascivos a las ermitas, lauras y monasterios, donde pululaban hasta que sus heces carcomían por igual piedras sacras y almas buenas. También hacían que nubarrones de palomas volaran sobre los santos estilitas para hacerlos caer de sus columnas. Así murieron, según parece, San Marión y Santa Ifigenia de Cilicia, despeñados de sus nichos por ejércitos de pájaros. De este modo los criadores de palomas habrían estorbado la divulgación de las prácticas ascéticas usando el ave santa como instrumento del Maligno y alimentándola incluso con carne humana. Los colombarios, concluye Eufrosio, sirven con tal saña a los malvados, que *hasta han extinguido la virtuosa práctica del estilismo sin que la Madre Iglesia haya podido obrar nada para salvar a nuestros santos de la saña de las palomas.*

Ψ

Pocos años más tarde el Concilio de Sidonia condenaba a los criadores de palomas como herejes, si bien excluía de su anatema a quienes criasen palomas blancas en conventos y lauras acreditados por censores de antemano ungidos por el obispo de Jerusalén.

Uno de esos censores fue Simeón de Aquitania, criador él mismo de palomas, quien llegó a visitar quinientos colombarios en los desiertos abisinios, y cuya *Geografía Sajarí* es todavía muy valorada por eruditos y peregrinos. En esta obra magna, Simeón admite que no todos los criadores de palomas en sus tiempos fueron malvados, y sugiere la posibilidad de que existiesen dos distintas lecturas de aquel oficio, según se hicieran dentro de los postulados de la Iglesia católica o desde las herejías nestoriana y severiana. Para afirmar sus dichos, el autor cuenta varias historias que recabó en distintas lauras del desierto, a las que viajó en compañía de su amanuense Sofronio el Sofista.

Ψ

Cuenta Simeón de Aquitania, entre otras muchas cosas, que a veinte millas de Agaar, ciudad de Capadocia, vivían dos célebres criadores de palomas separados entre sí por cinco millas y cinco mil ideas. Aunque se ocupaban de lo mismo, aquellos hombres eran a los ojos de Dios tan diferentes como la luz y la sombra. El uno comulgaba con la Santa Iglesia católica y apostólica, y el otro, que había pasado un tiempo en las galeras persas, militaba en la herejía de Nestorio. Para convertir al ortodoxo a su secta abominable, el nestoriano profería mil suertes de acusaciones y anatemas. Decía, por ejemplo, que la paloma era un ser limitadamente material y por tal razón malvado, pero Dios, en su infinita sabiduría, permitía que a ese pájaro a veces lo infestasen espíritus cordiales. A esto respondía el ortodoxo que cualesquier animales, con ser materia, eran obra agradable a los ojos de Dios y que por serlo eran buenos sin necesidad de que los ocupasen espíritus benignos.

Cuando, al cabo de muchas teologías y retóricas, parecía que el nestoriano había convencido al ortodoxo de la perversidad innata de las palomas, este último, como inspirado por los ángeles, pidió al otro que le prestase una de sus aves. El hereje, contento por haber sumado un santo a sus malas huestes, le envió al instante su ejemplar mejor. Pero el ortodoxo puso a hervir un caldero con agua delante de él, echó dentro la paloma prestada y ésta se disolvió en el hervor; después cogió una de sus propias palomas santificadas y la echó en el mismo caldero; el agua entonces se enfrió como por ensalmo y la paloma salió de allí intacta y seca.

El buen hombre todavía tenía consigo esa paloma cuando fueron a visitarlo Simeón y Sofronio.

Ψ

Cuenta después Simeón que el hereje nestoriano se convirtió a la fe católica, se hizo discípulo del ortodoxo, destruyó sus palomas malvadas y sirvió con honradez al Señor. Este converso, llamado Teofrasio, contaba que su maestro, un día que bajaba a beber las aguas del Jordán, se clavó en el pie una espina y así la conservó porque no soportaba la idea de que lo viera un médico y pensaba además que así sufría su parte de las penas de Cristo. Pero al cabo de algún tiempo la herida se infectó y el santo tuvo que acudir para curarse a la laura de las Torres, donde ocupó una celda. Según se le iba pudriendo el cuerpo, el hombre decía a quienes iban a visitarlo: *Cuanto más sufre el hombre por fuera, tanto más florece por dentro.* Sin embargo la herida siguió infectándose, de modo que el santo supo que iba a morir. Y cuando iba a abandonar el mundanal ruido para pasar a la vida que no conoce la turbación y el oleaje, mandó llamar a su discípulo Teofrasio y le confió un libro pequeño sobre el género de vida que deben llevar los colombarios agradables a Dios; luego le ordenó que, a su muerte, de ninguna manera dejase que otro monje se hiciese cargo de sus palomas sino que las sacrificase y las metiera con su cuerpo en un ataúd de madera que debía llevar hasta el monte Sinaí para enterrarlo entre los santos padres que descansan en aquel lugar. Si algún desmán provocado por los bárbaros impidiese aquel entierro, Teofrasio tendría que enterrar el cuerpo de su maestro y los de sus palomas en el monasterio de Santa Magdalena.

El discípulo hizo lo que pudo por obedecer a su maestro, el cual fue sepultado con sus aves en Santa Magdalena, esperando el dichoso día en que los bárbaros le permitiesen descansar junto a los santos padres del Sinaí. Durante un tiempo en su tumba florecieron rosas y jazmines, pero luego éstos comenzaron también a corromperse. El librillo de colombarios quedó en manos del discípulo, quien crio sus propias palomas en Patmos. Allá iban a verlo en ocasiones Simeón y el Sofista.

Ψ

Otra historia escribe Simeón según se la contó el presbítero aba Ciríaco, y es que en el cenobio de nuestro santo padre Diódoro el Archimandrita vivía un anciano llamado Lucano, druso de nacimiento, que durante treinta y cinco años siguió esta regla: tomaba pan y agua un día por semana, criaba con esmero sus palomas y salía apenas de la iglesia una vez cada año para bañarse en las aguas del Jordán. Lucano era un diestro palomero a los ojos de Dios, procedía del ejército y jamás dormía de costado. Un día halló en una cueva dos palominos negros y se los llevó a la iglesia envueltos en un trapo. Al llegar sus hermanos sintieron miedo de los palominos, pero Lucano les dijo: «Si cumpliésemos los mandamientos de nuestro Señor Jesucristo, serían estos animales los que tendrían miedo de nosotros, pero a causa de nuestros pecados nos hemos convertido en sus esclavos y somos nosotros los que les tememos a ellos». Sus hermanos se sintieron muy edificados con aquellas palabras, aceptaron a los palominos y se retiraron a sus celdas.

Pasó un tiempo y los pájaros medraron hasta el día en que un monje extranjero de nombre Conón, venido de las cimas de Dara, fue a visitar a Lucano para preguntarle acerca de un pensamiento impuro. El anciano entonces, con palabras de castidad y pureza, comenzó a exhortarle a que se quedara y aquél, sintiéndose edificado, le dijo: «La verdad, señor padre, es que yo comulgo en mi país con los nestorianos, por lo que no puedo quedarme contigo, por más que quiera». Cuando Lucano oyó el nombre de Nestorio se quedó compungido por la perdición a la que estaba condenado el joven monje, y le aconsejó y rogó que rompiese con esa perniciosa herejía para acogerse a la iglesia. «No hay salvación», le advertía, «si no se piensa y se cree firmemente que las palomas son mensajeras del Espíritu.» A estas palabras el joven replicó que todas las herejías dicen lo mismo: «Si no comulgas con nosotros, no te salvarás». Entonces, ¿qué debía hacer?, y suplicó al Señor que por mediación de Lucano le mostrase con hechos cuál era la fe verdadera.

El viejo Lucano aceptó el ruego del monje y lo invitó a quedarse en su celda esperando que la benevolencia de

Dios le descubriese la verdad. Luego se fue al mar Muerto a rezar por Conón.

Al día siguiente, hacia la hora nona, el joven monje vio ante sí a un desconocido de aterrador aspecto. «Ven a ver la Verdad», le dijo, y lo llevó hasta un palomar oscuro, maloliente y rodeado de fuego, donde le mostró entre las llamas a Caín, Nestorio, Dióscoro, Severo, Orígenes y Arrio. «Éste –anunció el desconocido– es el lugar que está preparado para quienes blasfeman contra la Santa Madre de Dios, así como para quienes siguen sus doctrinas y crían palomas negras. De modo que, si te gusta este lugar, sigue fiel a tus creencias. Pero si prefieres evitar este suplicio, acógete a la Santa Iglesia católica, en la que Lucano imparte su magisterio; porque te advierto que por muchas virtudes que cultive un hombre, si no profesa la recta Fe vendrá a parar a este lugar.» Con esto el calor se hizo muy intenso, Conón abrió los ojos y oyó que alguien golpeaba la puerta de su celda. El joven abrió y vio ante sí a una mujer. «¿Qué haces aquí», le preguntó. «Amigo», respondió ella, «también yo amo a las palomas negras.» El joven iba a darle entrada cuando oyó la voz del desconocido horrible que le decía: «Mira, ésta es una mujer. Satisface cuanto quieras tu deseo. Pero piensa cuántos sufrimientos vas a estropear por un placer así. Mira por qué pecado os vais a ver privado del reino de los cielos. ¡Ay del género humano!».

Con estas palabras Conón volvió en sí. Entonces llegó Lucano y aquél le contó lo que había visto. Después comulgó en la Santa Iglesia católica y apostólica, y se quedó a vivir con el anciano en la laura. Tras cuatro años de convivencia, Lucano murió en paz y los palominos negros comenzaron a pulular en la laura, y tanto, que no hubo forma de contenerlos en sus palomares. Las aves negras devoraron a las blancas sin que Conón pudiese impedirlo. Sus arrumacos y gorjeos perturbaban la paz de los monjes, que de noche tenían sueños lascivos y de día comenzaron a faltar a sus deberes. Invadidos de pájaros y deseos impuros, los monjes finalmente dejaron entrar en el monasterio a las rameras y a los mercaderes de vino, y más tarde a mendigos músicos que tocaban en los altillos, con el fin de acallar el ruido de las palomas renegridas.

Tantos y tales fueron los desmanes que entonces se hicieron en la laura por causa de las aves de Lucano, que Simeón de Aquitania prefiere no relatarlos. Apenas se atreve a contar que una noche los monjes mataron a sus rameras, decapitaron a sus músicos y se envenenaron con vino negro durante el oficio de maitines. Después hubo que tapiar la laura y prenderle fuego con todas sus palomas dentro.

Ψ

De otro criador de palomas llamado Basilio se recogían muchas historias entre las lauras y los desfiladeros del desierto abisinio. Simeón y su discípulo escucharon una vez al higúmeno del monasterio de Nuestra Señora Magdalena contarles que el tal Basilio mantuvo durante sesenta y tres años un género de vida que consistía en procurar a sus palomas y ayunar durante semanas enteras, al grado de que algunos afirmaban que no estaba hecho de carne. Además trabajaba día y noche de acuerdo con los mandamientos de Jesús Cristo y daba dinero a los pobres sin aceptar a trueco nada de nadie. Unos mercaderes devotos oyeron hablar de él y fueron a darle una limosna, pero él les dijo: «No la acepto, pues mis palomas traen del cielo ambrosía para que comamos yo y los que en nombre de Dios acuden a mí».

Un día unos peregrinos se presentaron en Roma ante el venerable papa Agapito y calumniaron a Basilio. «Usa sus palomas para robar nuestra comida y llevar mensajes a los herejes más allá de los picos helados de Ararat», le dijeron. El papa entonces envió a dos clérigos a buscar a Basilio en su colombario para que lo trajesen a la corte. Él los envió de vuelta con este mensaje: «No tengo otro señor que Dios nuestro Señor». Agapito entonces montó en cólera y ordenó que le llevaran a Basilio encadenado y a pie. Ya en Roma lo metió en la cárcel hasta que aceptase trabajar para él. Basilio pasó tres días en prisión, hasta que llegó el santo domingo. Al alba, Agapito, que aún dormía, vio en sueños a un desconocido de venerable aspecto: «Este domingo —le dijo— no celebraréis la eucaristía ni tú ni ninguno de los clérigos u obispos de la ciudad, sino el que has metido en la cárcel. Quiero que hoy el celebrante sea él.» Cuando el papa despertó, se dijo a propósito de la visión que acababa de tener: «Tan grave como es la desobediencia de este hombre, ¿y ha de celebrar la eucaristía?». Por segunda vez le habló el desconocido en sueños: «Te lo he dicho: el monje que está en la cárcel es el que ha de celebrar la eucaristía». Como Agapito no salía de su perplejidad y se negaba a obedecer, el aparecido regresó por tercera vez en las mismas circunstancias y repitió la orden. El papa, ya de plano despierto, mandó que fueran a buscar a Basilio a la cárcel. Entonces lo llevó aparte y le preguntó: «¿Cuál es tu género de vida?». El monje no respondía otra cosa que no fuera: «Soy un pecador que cría palomas». Como no pudo convencerlo para que dijera otra cosa, Agapito le comunicó que ese mismo día tendría que celebrar la eucaristía. Así lo hizo Basilio y luego el papa volvió a ordenarle que le sirviese con sus palomas para proteger el imperio de las amenazas de los bárbaros, pero como no conseguía convencer a Basilio con razones pasó a amenazarlo con excomulgarlo: «Monje, tu pontífice te ordena que le sirvas con tus palomas. Hazlo o serás excomulgado».

Por fin Basilio se puso delante del altar mirando el ábside y clamó con el brazo extendido: «Tendrás palomas, Santo Padre». Y durante cinco años lo sirvió contra las hordas bárbaras. Sus palomas llevaron mensajes diarios a Agapito y éste a su vez los entregó a sus generales en su guerra. Con aquellos mensajes el pontífice fue construyendo un mapa para que sus ejércitos llegasen a Jerusalén y cercasen allí a los herejes de Severiano; pero cuando al fin creían los ejércitos haber cerrado el paso del enemigo, se encontraron una noche en un desfiladero donde los destruyeron las flechas de los herejes y los gorjeos de miles de palomas que los arrullaron en su descenso a los infiernos.

Esto último no lo cuentan Simeón ni el Sofista, pues estaban también en el desfiladero cuando las flechas y las palomas de Basilio aniquilaron a los ejércitos de Agapito.

Dedicatoria

SEÑORA REINA CLOTILDE, TÚ, QUE IMPONDRÁS UN DÍA la luz divina en esta tierra que hoy se ciega por el yugo del rey Hernando, tu hermano y nuestro enemigo; a ti, que acallarás un día los atabales de esta guerra que ya va costando tantas lágrimas, te envía sus salutaciones el arcediano Grisóstomo.

Él ha cumplido con lo que le mandaste y, siguiendo el sentido de su historia en griego, ha transcrito en romance una parte de la vida Lotario, el peregrino impertinente, y sobre el viaje que hizo con siete compañeros a la Isla de los Pájaros.

Pero tú ahora debes proteger a tu servidor, porque cuando uno afirma que sólo ha transcrito lo que otros le han contado sobre aves de alquimia y ángeles derrumbados, justo es que no se le haga ningún reproche ni se le echen cadenas a los pies ni a las manos; a aquel, en cambio, que no cumpla con historiar como es debido, merece que se le condene a la galera más oscura para que pueda allá sufrir muchos dolores sin que nadie lo perdone ni lo defienda ni lo salve.

Cómo nace en Lotario el deseo de conocer las esencias

LOTARIO FUE UN TRACIO DE RAZONES AMPLIAS Y LINAJE DE barones. Iba encaminado a ser pontífice o monarca, pero un día fue tentado por el diablo y se apartó del camino recto para sufrir lo que ya anunciaba Hugo el Ermitaño: *El que niegue su destino y hurgue en los secretos que sólo a Dios están guardados, se perderá para siempre.*

Este Lotario, hombre agudo aunque nada mesurado, concibió en mala hora un proyecto que le pareció santo, y con el fervor de la soberbia no cesaba de soñar en conocer los secretos de la Creación, los puentes que unen espíritu y materia, y los filos sutilísimos que separan la maldad de la belleza. Por eso rezaba Lotario a Dios que le mostrase el paraíso donde palpitan las ideas más allá de las ideas, la cifra alegre de lo que fuimos antes de que nos apartasen la lascivia de nuestros primeros padres. Pensaba él que si llegaba a contemplar la esencia de las cosas, así fuera un instante mínimo, entendería las leyes de este mundo de groseras copias materiales y sería sabio entre los sabios y el más poderoso de los hombres.

Quiso pues Lotario poner a prueba ese anhelo que lo apremiaba con tanta fuerza como peligro para su salvación. Reflexionó primero y estudió después las crónicas de otros muchos peregrinos y las cartografías de otros tantos viajeros; finalmente confesó su propósito a un anciano que muchos años antes había intentado conocer lo mismo que él ahora anhelaba. Aquel viejo saturnino y fatigado se llamaba Hildebrando, había viajado hasta el confín del mundo y llevaba ahora una vida retirada entre tumbas, fuegos fatuos y cipreses.

Varias tardes instruyó a Lotario el paciente Hildebrando sobre las naciones que había conocido y lo que había experimentado con horror y dicha cuando él mismo partió en busca de las puertas del infierno y estuvo cerca de tocar, en la Isla de los Pájaros, la quintaesencia que ahora procuraba alcanzar Lotario. Tanto se había acercado Hildebrando a aquel islote tremebundo, que desde su barca alcanzó a oler las esencias de la montaña y del árbol, pero no se atrevió a seguir adelante por parecerle que se condenaría si desembarcaba en la isla, de modo que regresó a vivir en los helados yermos donde años después fue a buscarlo el impertinente Lotario.

Después de oír Lotario el relato de lo que había vislumbrado Hildebrando, todavía creció más su deseo de alcanzar la Isla de los Pájaros y emprendió los preparativos de su viaje.

Eligió a siete jóvenes de su aldea, los que juzgó mejores, y les confió sus planes, no sin antes prometerles riquezas y océanos enjundiosos de gloria. Los jóvenes garridos lo comentaron entre sí y con sus padres. Esa noche se reunieron los viejos de la aldea y le pidieron a Lotario que emprendiese enseguida el temerario viaje, cuidando a los siete muchachos como si fueran sus propios hijos. Aceptó Lotario y nadie ya se demoró un instante en cumplir lo que se les encargaba. Los viejos entretanto rogaron a Dios que les perdonase la ambición de conocer sus secretos y que les enviase la compañía de sus ángeles celestiales. En el fondo de su corazón, Lotario confiaba en que Dios lo juzgaría digno de mostrarle sus esencias y lo protegería en su viaje.

Alcanzan el confín del mundo

SIN DETENERSE LLEGAN LOTARIO Y SUS SIETE HASTA DON-
de empieza el mar y acaba la tierra. Alcanzan la roca que
los naturales llaman todavía el Salto de Lotario, un bravo
farallón que se extiende como un animal dormido sobre
las olas, y a cuyos pies hay erizos y un puerto pequeño
donde desemboca un río taimado de aguas claras. Junto
a ese farallón los viajeros ven pastar vacas enormes, cada
una con un vellocino negro y blanco, cada una tan grande
como un elefante.

Lotario dice a sus compañeros:

—Aquí nos quedaremos por espacio de tres lunas. Mañana se cumple el día en que Orfeo descendió al Hades; él
quiere ser nuestro amigo atento y cariñoso, y generosa-
mente nos ha mandado lo que precisamos para celebrar
sus fiestas. Levanten sus tiendas y maten una de esas bestias para la cena.

Los viajeros pasan tres días con sus noches en el borde
de la tierra comiendo la carne exquisita de los mastodontes. El sábado los visita una mensajera que los saluda en
nombre de Orfeo. Tiene el pelo largo y mirada resplande-
ciente. Les dice que lleva muchos años viviendo allí, sin
padecer mal ninguno. Les ha traído un blanquísimo huevo para que lo lleven en su barca y les promete que, si alguna cosa les hiciese falta en su viaje más allá del fin del
mundo, de todo se les proveerá.

Lotario entonces pregunta a la mensajera por la Isla de
los Pájaros. La respuesta de la mensajera es breve:

—Bastante tenías, Lotario, con ignorar casi todas las
cosas.

—Señora –insiste él–, unas vacas hay aquí como yo no he visto tan grandes en todos los días de mi vida.

A lo que la mensajera responde:

—No te extrañe. A estas bestias no hay que golpearlas para que se dejen domar. Ni el invierno las castiga, ni enferma ni muere ninguna.

Luego dice:

—Hacia aquella isla que ves allí, Lotario, embárcate y singla. Al llegar verás cosas que nunca viste. Luego emprenderás la vuelta el mismo día que desembarques. ¿Por qué tan pronto? Ya lo verás.

Lotario emprende el viaje hacia la isla que le ha dicho la mensajera, la cual ahora se divisa nítida desde aquel borde del mundo. Los viajeros llevan viento favorable y piensan que Orfeo mira con buenos ojos su ambición.

Encantamiento en la Isla de los Pájaros

Los viajeros se dirigen a la Isla de los Pájaros. Navegan con los vientos, bogan adelante acompañados con una divina escolta. Pero la Isla de los Pájaros se aleja, los burla. Llevan navegando un año entero, llevan aguantando horribles sufrimientos cuando al fin vuelven a ver delante la tierra de su esperanza.

No bien avistan la isla, dirigen a ella la nave. Sueltan cabos, arrían velas. Asaltados todavía por la duda empujan el barco a tierra. Desde la orilla, lo arrastran con cuerdas para remontar el curso de un riachuelo que les parece apacible.

En las fuentes de ese río hallan un árbol blanco como el marfil y de anchísimas hojas. Va tan alto que su fronda se pierde por encima de las nubes. Desde la copa hasta el suelo sus ramas se abren como sedientas de aire. Su sombra se extiende lejos y protege a los viajeros del rabioso resplandor del sol. En todo el árbol se asientan pájaros muy blancos, como nunca se han visto tan hermosos.

Lotario pierde el aliento ante esa maravilla y suplica a los dioses que le aclaren qué es y a qué se debe un número tal de pájaros tan bellos; pregunta también si ése es el lugar donde deseaba parar; pide y vuelve a pedir a los dioses que tengan la bondad de explicarle aquello.

Apenas ha terminado Lotario su oración, revolotea hasta él uno de los pájaros, y viene a posarse encima de la nave. Lotario le habla mansamente:

—Si eres criatura divina, te ruego que cuides de mis días. Dime primero quién eres y qué hacen aquí tú y todos esos pájaros de extraordinaria belleza.

Le replica el pájaro:

—Somos esencias que habitamos el primer cielo. A esta altísima morada nos han encomendado los dioses para complacer la curiosidad de hombres como tú y para inspirar la esencia de las aves que habitan el mundo. De nosotras toman forma aquéllas, como de este árbol lo hacen cuantos árboles existen en el mundo. Nosotras obedecemos y con ello honramos a los dioses y gozamos de su gracia: acá miramos por las cosas y los pueblos y no padecemos sufrimiento ninguno y gozamos de la piedad divina. El nombre de este lugar que tanto has buscado es la Isla de los Pájaros.

Y siguió diciendo el pájaro:

—Un año hace que vienes soportando las penas del mar, y muchos más has padecido en la mazmorra de tu cuerpo y tus sentidos. Faltan todavía muchos más antes de que seas digno de comprender el secreto de las esencias. Sufrirás muchas penas y muchos males en el océano y cada año comerás mastodontes en el confín del mundo.

Con estas palabras el ave regresa a posarse en el árbol de donde ha venido.

Cuando empieza a declinar el día, los pájaros blanquísimos forman un coro; cantan con voces muy dulces, dan gracias a los dioses por el gran sosiego que los viajeros les han traído a su estancia por los bordes del cielo, pues nunca hasta entonces les habían enviado los hados compañía de criaturas humanas.

Dice Lotario a sus compañeros:

—Ya han oído con qué gozo nos han acogido esas aves. Alaben a Orfeo y denle gracias. Nos quiere más de lo que creíamos.

Dejan el barco amarrado en el canal, se ponen a comer en la orilla. Después cantan sus loas vespertinas con deleitosas melodías que en vano quieren imitar las de los pájaros. Luego se tumban en sus lechos. Duermen con el sueño profundo del que está agotado de afrontar peligros infinitos y de haber atisbado un destello de las esencias.

Batalla de la Noche contra el Día

DESPERTARON AL ALBA, ESPANTADOS POR HABERSE DESCUIdado al sueño. Los pájaros habían enmudecido, y el brillo celestial del árbol se había atenuado. Aunque desearían quedarse para siempre en la Isla de los Pájaros, los viajeros volvieron a sus barcos porque así lo había prometido Lotario a la bella mensajera en el confín del mundo. Se alejaron con tristeza y navegaron. Pronto volvieron a sentir hambre, y aunque Lotario les ordenó que no lo hicieran, abrieron el huevo blanquísimo que la mensajera les había dado. Tembló la tierra y del huevo salió una sombra enorme. Entonces les sucedió algo que les sembró confusión y espanto más que cualquiera de las muchas pruebas que habían sufrido hasta entonces.

Lotario y sus compañeros ven ahora elevarse sobre el mar y sobre el barco un ave grandísima y muy oscura que los persigue más veloz que el viento. El ave echa fuego por el pico, abrasa igual que la boca de un horno, con llama tan fragorosa y alta que hace temer la muerte a los viajeros. Su cuerpo es desmedido, como sus alas, y grazna con la fuerza de mil buitres. Sólo ante sus garras habrían huido los ejércitos de un emperador. Tan altas son las olas que ese monstruo alebresta con sus alas, que no hace falta más para crear una espantosa tempestad.

Cuando el monstruo está ya encima de la embarcación, Lotario dice a los suyos:

—No hay para qué temer. Eso provocaría la ira de los dioses y mostraría que no hemos sido dignos de conocer la Isla de los Pájaros. No hagan alarde de su impiedad: piensen en nuestro destino, pues quien tiene a Orfeo por guía no debe asustarse por el rugido de la bestia ni por la oscuridad de la noche.

Después de pronunciar estas palabras Lotario empieza a rezar. Lo que pide esta vez se cumplirá sin demora: pronto ven llegar otro pájaro, tan blanco y tan grande como el primero; lo persigue el pájaro negro graznando iracundo porque ha reconocido en el ave blanca a su enemiga. Y suelta el barco echándose hacia atrás para enfrentarla.

Con las alas extendidas y los picos enhiestos, las aves se hacen frente para emprender la batalla. Sus bocas echan fuego mientras van volando hasta las nubes; se golpean con alas y garras como espadas y escudos; con picos afilados se van desgarrando con muchas estocadas. Brota sangre de las heridas que les dejan los picotazos. Las olas van quedando ensangrentadas.

La batalla es tumulto breve y grande en el mar. Por fin la guerrera blanca ha dado muerte al ave negra. Tan fuertes picotazos le ha asestado, que la deja lacerada en mil pedazos. Después de cumplir con su venganza, se marcha por donde vino.

Dijo Lotario a los suyos:

—Debemos servir a Orfeo. Dejémoslo todo en Sus manos.

Aquéllos respondieron:

—De buena gana le serviremos, porque sabemos bien cuánto nos ama.

El día siguiente avistaron tierra.

Desconcierto en la Isla de los Pájaros

DESEMBARCAN LOS VIAJEROS ESPERANDO QUE LOS RECIBA la hermosa mensajera. Pero enseguida ven que no han vuelto al confín del mundo sino que están en otra isla que mucho se parece a la Isla de los Pájaros. Ahí ven el riachuelo y sus fuentes, aunque ahora les parece que hasta el diseño del agua es malvado. Ven un árbol idéntico al que antes vieron, pero algo les dice que ese árbol es ya un punto más y un punto menos que un árbol. Éste es más blanco que el blanco y sus hojas son monstruosamente anchas.

Esa blancura absoluta les recuerda la batalla fragorosa de aves enormes que han visto en el mar, y los espanta. La sombra que esparcen las hojas del árbol es helada y sirve mal a los viajeros para refugiarse del sol. En la fronda del árbol pululan otra vez pájaros blancos, aunque esta vez su belleza sólo causa desazón y miedo.

Nada y todo ha cambiado en la Isla de los Pájaros. Lotario, con el corazón desbocado, ruega a los dioses que les declaren qué sucede y por qué ahora la ínsula les parece espantosa, y si es la misma u otra de la que vieron el día de antes.

Cuando Lotario ha terminado su clamor, uno de los pájaros en el árbol sacude sus alas, que palmean con suavidad como si reptara por el cielo una serpiente. El ave se posa encima del barco. Lotario le habla con tanto miedo como severidad:

—Ave o demonio, te suplico que no nos castigues. Dime qué ha sido de la Isla de los Pájaros, y qué se ha hecho de las presencias amables que primero aquí nos recibieron.

El ave blanca y malvada le responde:

—Ésta es y sigue siendo, Lotario, la Isla de los Pájaros. Eres tú quien ha cambiado; por eso somos para ti y para los tuyos las mismas y otras. Somos todavía esencias que ayer apenas habitábamos el cielo. De tan alta morada caímos junto con el Orgulloso, aquel ángel miserable que se rebeló por soberbia contra sus Señores. Él nos había sido asignado como guía y tendría que habernos sustentado con virtudes divinas. Tan grande era su poder que tenía obligación de cuidarnos. Por orgullo aquél se volvió malvado y despreció la Palabra; y aun después de cometer esa falta nosotras le seguimos obedeciendo y con ello no hicimos otra cosa que portarnos como viles servidoras. Por esa conducta fuimos desheredadas del Reino de la Bondad, pero como eso no ocurrió por culpa nuestra sino del Orgulloso, gozamos cierto perdón divino: no sufrimos la misma pena que sufre quien fue tan altivo, y no padecemos otro sufrimiento que la pérdida de la gloria majestuosa y la ausencia de la divina alegría.

Y siguió diciendo el pájaro:

—Como tú, estamos afuera, Lotario. Fuimos esenciales y lo somos todavía. Pero nuestro castigo es que esta esencia sea reconocida sólo por hombres malos.

Lotario oyó esta verdad horrorizado y preguntó:

—Entonces, ¿son todas malvadas?

—Hoy lo somos tanto como no lo fuimos ayer y menos de lo que seremos mañana. Bastante tendrás si sabes entender con el corazón de carne que tienes. Hace un día que viste las esencias en esta isla y te faltan todavía setenta veces siete los días para llegar a la Isla de los Pájaros que ayer conociste. Las mismas penas, y más, sufrirás en este mundo por doquiera que vayas. Y cada vez que nos encuentres contemplarás en nosotras tus pesadillas.

Con esto regresó el pájaro a su árbol blanco y malvado.

Era de noche pero la luna no salía. Los pájaros cantaban tan fuerte que ensordecían a los viajeros. Sus graznidos cargaban las voces de los muertos. Los pájaros maldecían a los dioses con su canto por haberlos condenado a conocer y ser conocidas por las criaturas humanas.

Dijo entonces Lotario a sus compañeros:

—Ya han oído a estos demonios, cuyo designio es hacernos sufrir como nosotros los haremos sufrir a ellos. Arrepiéntanse y lloren porque nos ha sido negada la Salvación.

Los compañeros de Lotario lloraron, se rasgaron las ropas y se arrancaron los cabellos. Después corrieron a su barco y comenzaron el viaje. Tuvieron sueños horribles, pasaron hambre y nunca más volvieron a probar la inocencia del sueño. En altamar, antes del alba, la sombra negra de un ave también negra los despertó con sus graznidos.

Índice

II. Extravío de lo volátil

Esta obra se imprimió y encuadernó
en el mes de agosto de 2016,
en los talleres de Impregráfica Digital, S.A. de C.V.,
Av. Universidad 1330, Col. Del Carmen Coyoacán
Delegación Coyoacán, México, D.F., C.P. 04100